Philipp Benzin

Magische Verwicklungen
Das Erbe der Drachenkriege Teil 1

Ein Buch der Panmagia-Reihe

Roman

Magische Verwicklungen ist **Teil 1** der Panmagia-Reihe »Das Erbe der Drachenkriege«. Die Bücher dieser Reihe erzählen die Geschehnisse rund 2000 Jahre nach den legendären Drachenkriegen und wie sie die Geschichte des Panmagischen Kaiserreiches für immer verändern sollten.

Weitere Bücher der Panmagia-Reihe:

Marathum – Das Erbe der Drachenkriege **Teil 2**
Xenobias' Fluch – Das Erbe der Drachenkriege **Teil 3**
Das Erbe der Drachenkriege **Teil 4** befindet sich im Prozess.

Kontakt
Philipp.Benzin@gmx.de

Verfolgen Sie die neusten Infos bei Twitter
twitter.com/Aazarus

Besuchen Sie mich auch auf Facebook
www.facebook.com/pages/Philipp-Benzin/705646882854500

oder auf meiner Homepage
philippbenzin.wordpress.com

Inhaltsverzeichnis

Bibliografische Information der
Deutschen Nationalbibliothek:
Die Deutsche Nationalbibliothek verzeichnet diese
Publikation in der Deutschen Nationalbibliografie;
detaillierte bibliografische Daten sind im Internet
über http://dnb.dnb.de abrufbar.

© 2014 Heiko Schwientek
Herstellung und Verlag:
BoD – Books on Demand, Norderstedt

ISBN: 978-3-7357-5134-8

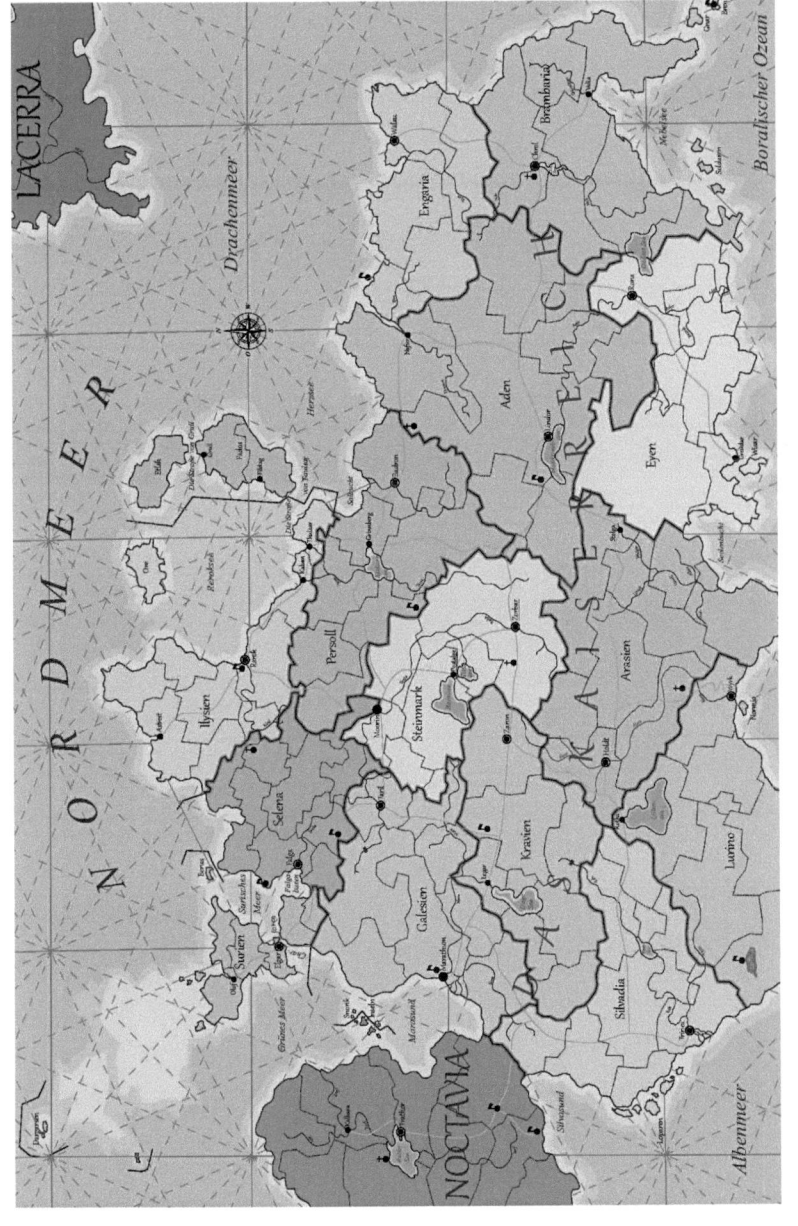

1. Seit Anbeginn der Zeit

ielstrebig schwebte der Seelenhüter durch die Hallen der unzähligen Geschichten. Die Pflicht drängte ihn zu dem Buch, doch die zähe, träge Masse der Zeit ließ ihn nur mühsam vorankommen. Ihre Fülle am Ort der Phantasie konnte doch recht hinderlich sein. Als er schließlich lautlos an eines der Lesepulte herangeglitten war und sich nun über das geöffnete Buch beugte, sah er, wie der tanzende Federkiel die letzte leere Seite füllte. Sanft, aber bestimmt fuhr der Seelenhüter mit seinen schattenhaften Händen unter den Einband aus grünem Brokat.

»Du elender Narr!«, spottete er. »Du magst zwar weit gekommen sein, doch dem Fluch, Almuthar, konntest letztlich auch du nicht entrinnen.«

Nachdem der Federkiel das letzte Wort geschrieben hatte, schloss der Seelenhüter das Buch für immer. Er verstaute es unter seiner schwarzen Kutte, durchschritt das Portal und betrat die Kammer. Über ihm wölbte sich eine hölzerne Decke, die himmelsgleich und unerreichbar den grenzenlosen Raum überspannte. Seit dem Anbeginn der Zeit hatten die Seelenhüter hier die Lebensgeschichten zusammengetragen und längst türmten sich die Schriften zu einer gigantischen Berglandschaft auf. Als der Seelenhüter einen ihrer Gipfel erreicht hatte, holte er das Buch wieder hervor und legte es an seinen vorgesehenen Platz. Von einer plötzlichen

Eingebung erfasst, ließ er unruhig seinen Blick über das Büchermassiv gleiten. Er wusste, sie würden kommen – gleichwohl es doch unmöglich war.

›Bemerkenswert‹, dachte der Hüter, als ihm etwas in dem Sinn kam. Er schwebte zurück in die Halle, und las in dem einen Buch. Nein, er irrte sich nicht, die Zeichen waren unmissverständlich. Unter der schwarzen Kapuze glimmten jäh zwei schemenhafte Augen auf. Eine Erinnerung des Lebens streifte plötzlich den Hüter und entfachte, wie ein flüchtiger Windhauch, in ihm eine Glut. Noch bevor er die Emotion in sich aufnehmen konnte, hatte ihn die gewohnte Kälte wieder gepackt und das Leuchten der Augen wurde schwächer, bis es schließlich gänzlich erloschen war. Er musste handeln, wenn er es verhindern wollte. Doch durfte er es wagen, das Schicksal zu beeinflussen und somit gegen die kosmische Regel zu verstoßen? Es blieb ihm keine Wahl, seine Pflicht zwang ihn dazu. Die anderen würden ihn gewiss gewähren lassen, denn zum ersten Mal sollten die Seelenhüter Besuch bekommen.

2. Ein Halbling in der großen Stadt

Laut tönten die Glocken des alten Tempels von Moorin. Ihr Hall hatte einige Tauben aufgescheucht, die sich wild flatternd in die Luft erhoben. Der Schwarm passierte die prächtige Fassade des Rathauses, umflog in einem weiten Bogen den hoch aufragenden Spiralturm und glitt sogleich behutsam auf den großräumigen Ochsenmarkt zurück. Hier suchten die Vögel sich einen überdachten Marktstand als Landeplatz und begannen sich sorgsam ihre Federn zu putzen, während der letzte Glockenschlag unter den Rufen der Marktschreier verklang. Frau Lepsius schaute auf die große Sonnenuhr des Tempels. »Verflixt«, entfuhr es ihr. »Schon so spät! Das wird bestimmt wieder Ärger geben!« Mit dem Korb unter dem Arm schob sie sich eilig durch das Gedränge.

»Nur fünf Kreuzer für ein halbes Pfund bester silvadischer Äpfel!«,bedrängte sie ein Marktschreier. »Zarte Marathumer Sprotten[1], frisch aus dem Räucherofen, nur ein Silberling pro Fässchen!«, bot ihr ein anderer an. Höflich winkte sie ab.Wenn es doch nur Äpfel oder Sprotten wären. Nein, Schwefelpulver sollte sie besorgen! Und in solch großen Mengen! Sie

---

1 **Marathumer Sprotten** sind eine regionale Fischspezialität aus der Gegend um die Hafenstadt Marathum. Die fangfrischen Sprotten werden zunächst gesalzen und dann für mehrere Stunden im Ofen geräuchert. Traditionell wird Buchenholz zur Räucherung verwendet, jedoch sind in den letzten Jahren auch Rauchvariationen mit Lindenholz und Kirchbaumholz auf dem Markt zu finden. Verzehrt werden die Sprotten üblicherweise auf Schwarzbrot.

schüttelte ihren Kopf. Es grenzte an ein Wunder, dass sie überhaupt noch hatte etwas auftreiben können und dabei sollte sie auch noch keine Aufmerksamkeit bei den Händlern erregen. Doch wie hatte er sich das vorgestellt? Jeden Tag in den letzten Wochen war sie nun schon unterwegs und mittlerweile musste sie wohl den gesamten Vorrat an Schwefel in der Stadt aufgekauft haben. Alles nur für diese schreckliche Bestie, die nun seit einer Weile im Keller hauste. Frau Lepsius lief bei dem Gedanken ein kalter Schauer über den Rücken. Und dann noch diese unheimlichen Experimente, die er ständig durchführte. Wie hatte er sich verändert! Etwas eigentümlich war er zwar schon immer gewesen, doch seit seiner Reise erkannte sie ihn nicht wieder. Er wirkte verstört und zuweilen war er sogar boshaft. So konnte es doch nicht weitergehen! Am liebsten hätte sie schon längst gekündigt, doch die Entlohnung war einfach zu überzeugend.

Frau Lepsius seufzte und drängte sich eilig durch das Marktgewühl weiter voran. Dabei passierte sie wehmütig die Podeste der bunt gekleideten Gaukler und Possenreißer. Vor allem den fremdländischen Musikern hätte sie gerne eine Weile gelauscht. Dafür hatte sie heute aber leider keine Zeit, denn gegen Mittag sollte sie bei der Arbeit sein und *er* wartete nicht gern. Doch was war das? Sie spitzte ihre Ohren. Eine vertraute Melodie lockte sie zum Rand des Marktplatzes, wo ein Junge seine Decke ausgebreitet hatte. Aber nein, das war gar kein Junge. Die nackten, haarigen Füße, die schwarzen Locken und das runde Gesicht verrieten ihr, dass der kleine Mann, der auf seiner Mundharmonika ihr altes Kinderlied spielte, ein junger Halbling sein musste. Welch seltene Begegnung. Obwohl in Moorin, der bedeutendsten Stadt im Kaiserreich, viel fremdländisches Volk anzutreffen war, verliefen sich Halblinge nur hin und wieder so weit in den Westen des Kontinents.

Neugierig musterte sie den kleinen bunt gekleideten Musiker, der einem erwachsenen Menschen wie ihr gerade einmal bis zum Bauchnabel reichte. Er trug eine leuchtend gelbgrüne Weste und darunter ein weißes Leinenhemd. Vor ihm auf dem Boden lag ein Rucksack, die Holzschatulle seiner Mundharmonika und ein grüner Hut. Frau Lepsius hörte dem Halbling noch eine Weile zu, doch dann musste sie sich loseisen. Sie warf ihm ein paar Kupfermünzen in den Hut und stiefelte eilig davon.

Erst als der Markt sich zu leeren begann, nahm der Halbling die Mundharmonika von den Lippen, putzte das Instrument und verstaute es in seinem Rucksack. Nun zerstreuten sich auch die letzten Zuhörer. Nur noch eine dicke Zwergentaube[2] beäugte ihn erwar-

---

2 **Zwergentaube** [altzwrg.] nolar minithuk. Diese Felsentaubenart stammt ursprünglich aus dem Eyengebirge, der Heimat der stämmigen Eyen-Zwerge. Sie ist heutzutage fast im gesamten Kaiserreich heimisch. Sie erreicht eine Körperlänge bis zu 15 cm und besitzt einen kompakten Körperbau. Auffällig ist das pechschwarze Gefieder der Zwergentaube. Die Brustfedern sind häufig gesäumt, so dass sie hier geschuppt wirkt. Bei männlichen Tieren schimmert der obere Mantel bis zur ersten Mauser im Frühjahr glänzend metallisch blau. Ihre Höhenverbreitung reicht vom Tiefland bis in Gebirgshöhen von 2.800 Meter üNN. Die Brutbiologie variiert je nach Region und Klima. Offensichtlich brütende Zwergtauben trifft man im Zeitraum Februar bis Juni an; gerade flügge gewordene Jungvögel

tungsvoll. »Tut mir leid«, sprach er, »aber heute gibt es keine Vorstellung mehr«. Zufrieden schüttete er seine Tageseinnahmen vom Hut in den Geldbeutel, schnallte den Rucksack auf den Rücken, nahm sein Wanderstab, lüftete der Taube zum Abschied den Hut und spazierte los, um sich ein Gasthaus zu suchen.

Moorin bot viele interessante Dinge für seine Einwohner und deren Besucher und so war es nicht verwunderlich, dass der Halbling nicht lange zu suchen brauchte, um eine einfache Wirtschaft zu finden. Das Gasthaus »Zum Nußbaum« war ein zweistöckiger Fachwerkbau, der windschief an der Häuserecke zur Eiergasse lehnte. Obwohl es sich um ein recht unspektakuläres Gebäude handelte, wies es dennoch eine Besonderheit auf, wodurch es dem Halbling sofort ins Auge gestochen war – es hatte einen Vorgarten. Zugegeben, es war kein großer Garten. Er maß gerade einmal ein paar Fuß und darüber hinaus legte der Besitzer allem Anschein nach keinen gesteigerten Wert auf dessen Gestaltung. Tatsächlich war der Garten überhaupt nicht gestaltet. Er existierte einfach nur. Aber allein das machte ihn in der eng bebauten Stadt zu einem Kuriosum. Wie eine kleine wehrhafte Halbinsel ragte er in den vorbeifließenden Passantenstrom und fischte den Halbling über einen Sandweg und unter einem knorrigen Baum hindurch in einen belebten Speiseraum. Dort fand er mit etwas Glück den letzten leeren Platz neben einem halbwüchsigen Menschen. Freundlich nickte er ihm zu, hob seinen Hut und stellte sich nach halblingischer Tradition vor.

---

kann man von April bis August beobachten. Zwergentauben werden als überaus neugierig und lernfähig angesehen.

»Einen schönen guten Tag, der Herr! Mein Name ist Aazarus Lichtkind. Darf ich mit setzten?«

Der junge Mann, dessen Gesicht voller Sommersprossen war, verzog keine Miene. Er strich sich durch die roten Haare, nahm einen Schluck Met und brummte genervt etwas, das Aazarus guten Mutes als Einwilligung verbuchte. Es dauerte nicht lange und eine füllige Schankfrau kam zum Tisch, um die Bestellung aufzunehmen. Verblüfft über deren Leibesfülle sah der Halbling ihr nach, wie sie schwankend davonstampfte. Während er auf sein Essen wartete, ließ er seinen Blick durch das Gasthaus schweifen. An klobigen Tischen saßen einfache Leute, aber auch Händler und vereinzelt Männer von der Stadtwache. Von ihren Tellern stieg der Duft köstlicher Speisen empor und vermischte sich mit dem Geräusch von frisch gezapften Bier, das an der gegenüberliegenden Theke ausgeschenkt wurde. Dort hatten sich mehrere Zwerge niedergelassen, die offenbar ein erhitztes Gespräch führten.

»Ha, ich nehme an, die reden über einen verborgenen Schatz oder über einen Kampf gegen Orks. Sie wissen ja wie Zwerge so sind«, versuchte Aazarus mit seinem Tischnachbarn ins Gespräch zu kommen, doch der war in ein Stück Pergament vertieft, das er vom Tisch halb verdeckt über seine Oberschenkel ausgerollt hatte.

»Entschuldigt«, meinte der Halbling, »meinetwegen können Sie das Blatt auch auf den Tisch ausbreiten. Ist ja genügend Platz vorhanden.«

»Ist was?«, raunzte der junge Mann Aazarus an.

»Nein, nein, schon gut. Alles in Ordnung. Ich wollte Sie bestimmt nicht stören.«

»Na also. Das will ich dir auch geraten haben, Kleiner. Und rück' mir gefälligst nicht so auf den Pelz!«

Der Halbling rutschte an die äußere Stuhlkante und vermied jegliches weitere Wort. ›Was für ein unangenehmer Kerl‹, dachte er verschreckt, ›dabei wollte ich doch nur höflich sein.‹
Erst die üppige Mahlzeit, die die Schankfrau ihm schließlich auftischte, konnte seine Laune wieder heben. Und als der schmierige Kerl urplötzlich verschwunden war, ohne das Aazarus seinen Aufbruch bemerkt hatte, konnte er sein Essen erst richtig genießen. Neben Wurst- und Käsebroten verspeiste er eine große Portion Bohnensuppe mit geräuchertem Speck, zwei Spiegeleier und vier Würstchen. Jetzt war er erst einmal satt – zumindest bis zum baldigen Nachmittagsimbiss. Die Hände zufrieden über den gefüllten Bauch gefaltet, überlegte er, was er nun als nächstes unternehmen wollte.
Nun, bisher hatte er eigentlich kaum Zeit und Muße gefunden, sich die Stadt und ihre Sehenswürdigkeiten genauer anzuschauen. Dabei hatte ihm schon der erste, flüchtige Eindruck sehr gefallen, dass musste er zugeben. All die großartigen Geschäfte und Märkte

mit ihrem exotischen Warenangebot sowie die breiten von prächtigen Kaufmannshäusern gesäumten Straßen hatten ihn schwer beeindruckt. Aber nichts stand im Vergleich zu dem sagenumwobenen Spiralturm, den er schon weit vor den Stadtmauern am Horizont erblickt hatte. Ein Bauwerk so hoch wie ein Berg und schon vor vielen hundert Jahren von Elfen erbaut. So hatte er es zumindest in der weit entfernten Heimat gehört. Auf jeden Fall musste er sich auch die viel besungene Breba anschauen, die sich durch die enge Altstadt schlängelte und auf deren Insel der stolze Kaiserpalast stand. Und in der Nähe, so hatte man ihm auf seiner Reise nach Moorin erzählt, befand sich auch das imposante Gebäude der Kaiserlichen Magieruniversität mit seinem hohen eisernen Turm und der Malister-Tempel, eines der ältesten Gebäude überhaupt.

Aazarus gähnte herzhaft und streckte seine Glieder. ›Nun, also dann. Ich sollte mich sofort auf den Weg machen‹, entschied er, ›sonst schlafe ich noch gleich hier am Tisch ein‹. Dann legte er seinen Kopf auf die Schulter und schloss zufrieden seine schweren Augenlider.

Hauptmann Waster Wühlig saß entspannt in seinem Arbeitszimmer. ›Seltsam‹, dachte er bei sich, ›so ruhig wie heute ist es selten in der Stadt.‹ Aber er wollte sich nicht beschweren, denn nun konnte er sich endlich jenem Aktenstapel widmen, der seit Wochen unbearbeitet auf seinem Schreibtisch lag. Waster

Wühlig griff die oberste Akte vom Haufen und entstaubte sie mit seinem Taschentuch. Auf dem Deckel stand: »Almuthar. Beschwerden.«

»Hm«, brummte er in seinen säuberlich gestutzten Bart, »dieser verdammte Magier und seine entsetzlichen Experimente. Der wird eines Tages noch die gesamte Stadt in die Luft sprengen!«
Argwöhnisch schielte er aus dem Fenster seines Arbeitszimmers zu einem Turm hinüber, der sich über die Dächer der Nachbarschaft wie ein schlafendes Monster emporhob, das nur darauf wartete, geweckt zu werden. Schon seit ein paar Wochen erreichten den Hauptmann fast täglich Beschwerdebriefe von besorgten Anwohnern, die sich über flackernde Lichter und einen bestialischen Gestank beklagten. Ebenso hatte Wühlig über die Jahre hinweg mancherlei Aussagen protokollieren müssen, in denen es um die Sichtung von seltsamem Kreaturen in unmittelbarer Nähe des Turmes ging. Nicht selten wurden bald darauf Leichenfunde gemacht, die die Stadtwache stets vor dasselbe Rätsel stellte - die Todesursache des Opfers ließ sich nie zweifelsfrei ermitteln. Waster hatte zwar immer Almuthar im Verdacht, in diese mysteriösen Fälle verwickelt zu sein, doch einen direkten Zusammenhang konnte er ihm nie nachweisen.
»Ich hasse Magier!«, knurrte der Hauptmann mit knirschenden Zähnen. »Die machen permanent Ärger und mir zusätzlich eine Menge Arbeit.« Gereizt warf er sein Taschentuch auf den Aktenhaufen.
Was aber konnte er schon tun? Waster Wühlig beruhigte sich wieder. Selbst als Hauptmann der Moori-

ner Stadtwache waren ihm bisweilen die Hände gebunden. Erzmagier Ophit Almuthar, wohlhabend und dem ewig klammen Mooriner Stadtfürsten stets gewogen, wandelte auf Pfaden, die sich außerhalb der allgemeinen Rechtsordnung befanden. Erschwerend kam noch hinzu, dass er als Vorsitzender der mächtigen Zauberergilde und Professor für Altertümliche Magiegeschichte an der ansässigen Kaiserlichen Magieruniversität weitere einflussreiche Verbindungen unterhielt.

Waster öffnete ein Schreibtischfach und holte eine der Rotweinflaschen hervor, die er stets hinter einem uralten Aktenstapel versteckt hielt. Er nahm gerade einen kräftigen Schluck, als unvermittelt die Zimmertür aufgerissen wurde und ein Wachmann in den Raum stürmte. Dem Hauptmann glitt vor Schreck die Weinflasche aus der Hand.

»Herr Hauptmann, kommen Sie schnell!«

Außer Atem wedelte der Wachmann, dessen knallroter Kopf einer großen Tomate glich, mit dem Kurzschwert in Richtung Flur.

»Verdammt, können sie nicht, klopfen, Blomberg?«, schimpfte Waster erzürnt, während er auf die Flasche starrte, aus der sich unaufhörlich Rotwein über die Arbeitspapiere ergoss.

Der Wachmann rannte nun wie ein aufgescheuchtes Huhn vor dem Schreibtisch auf und ab.

»Entschuldigen Sie, Herr Hauptmann, aber Sie müssen sofort mitkommen. Sie glauben ja gar nicht, was passiert ist!«

»He, du! Wenn du schlafen möchtest, dann miete dir gefälligst ein Zimmer.«

Aazarus erwachte. »Was... ? Wer...? «

»Das ist hier ein Schankraum und kein Schlafsaal.«

Der Halbling rieb sich die Augen und erkannte vor sich die füllige Schankfrau des »Nußbaum«, die mehrere Bierkrüge zwischen ihre üppige Oberweite und die kräftigen Arme geklemmt hatte.

»Wir sind heute gut besucht und auch andere Gäste wollen etwas Essen und Trinken.«

»Ja, ja, schon gut. Ich habe ja schon verstanden, gute Frau.«

Mit abfälliger Miene wandte ihm die Schankfrau den Rücken zu und setzte die Humpen geräuschvoll auf dem Nachbartisch ab. Schlaftrunken schob sich Aazarus vom Stuhl, strauchelte plötzlich und suchte vergeblich Halt am Rock der Schankfrau, die unversehens im Unterrock dastand.

Ein dröhnendes Gelächter drang durch den Schankraum, gefolgt von einer schallenden Ohrfeige. Aazarus stöhnte und rieb sich die glühende Wange.

»Sollte das etwa witzig sein?«, empörte sich die Schankfrau lauthals. Sie hatte ihr Kleid wieder hochgezogen und fixierte den Halbling mit einem Blick, die ihm die Schamesröte ins Gesicht trieb.

»Bitte entschuldigen Sie vielmals! Es war wirklich nicht meine Absicht ... ich meine, ich bin gestürzt und da habe ich aus dem Reflex ...«, versuchte der Halbling die peinliche Situation zu klären.

»Da hast du aber noch mal Glück gehabt, Junge, dass du nicht ein paar Zähne eingebüßt hast«, lachte eine rauchige Stimme vom Nachbartisch. Der Mann streckte ihm den Bierhumpen entgegen. »Wer wollte nicht unserer hübschen Dornella mal unter den Rock schauen, nicht wahr Freunde?!« Er wandte sich an seine erheiterten Tischgenossen und nahm einen kräftigen Schluck aus seinem Krug.

»Fendrin, halt's Maul, du dreckiger Trinker«, knurrte Dornella.

»Wie hast du mich genannt?« Der Mann setzte erbost das Bier ab, hob seinen Kopf und wandte sich amüsiert an seine Kumpanen.

»Einen dreckigen Trinker!«, wiederholte die Schankfrau und sah dem vorlauten Gast herausfordernd ins Gesicht. Das Lachen am Tisch wandelte sich nun zu einem Gejohle. Fendrin zeigte ihnen verärgert einen Vogel.

»Das lässt du dir von dieser dummen Kuh gefallen?«, stichelte einer seiner Freunde.

»So eine Unverschämtheit!«, keifte Dornella.

»Du kannst von Glück sagen, dass ich keine Weibsbilder schlage«, sagte Fendrin herablassend und musterte die Bedienung eindringlich. »Aber bei dir bin ich mir nicht ganz sicher, ob du überhaupt eine Frau …«

Dornella schnaubte und holte aus. Ein wuchtiger Schlag, der den Mann auf seinen Stuhl zurück warf, beendete auf undiplomatische Weise das erhitzte Wortgefecht. Ein fröhlicher Jubel ertönte von der bisher stillen Theke; die Zwerge waren begeistert.

»Was ist denn das für ein Lärm, Dornella?«, hallte es aus der Küche.

Es setzte wieder Ruhe ein.

»Nichts, Frau Zapp«, erwiderte Dornella, »alles in Ordnung.«

Fendrin kam wieder zu sich. Er erhob sich mühevoll und strich sich über seine blutende Nase. Schließlich kam er hinter dem Tisch hervor, hob seine beiden Hände und tänzelte um die regungslose Schankfrau herum. Die Zwerge waren glücklich.

»Also gut, du hast es nicht anders gewollt!«, knurrte Fendrin. Er rieb sich die schmerzende Nase, zielte, holte aus und erhielt den zweiten Fausthieb von der wutschnaubenden Dornella. Von der Theke erklang ein anerkennender Applaus. Mit einem Griff packte Dornella den Gast am Kragen, trug ihn zur Eingangstür und warf ihn auf die Straße. Einige Tauben wankten neugierig heran, um den Neuling zu betrachten.

»Was zum Teufel ist eigentlich in Sie gefahren, Blomberg?«, fauchte Waster mit einem bitterbösen Blick, der Eisen hätte schmelzen können. »Sie haben wohl völlig vergessen, wie man sich gegenüber einen Vorgesetzten benimmt. «

»Ja, Herr Hauptmann ... äh ich meine, nein, also ich wollte sagen ...«

»Schon gut. Also was ist denn nun so wichtig, dass Sie ohne anzuklopfen in mein Arbeitszimmer gestürmt kommen?!« Hauptmann Wühlig setzte sich an seinen Schreibtisch und betrachtete die vom Rotwein durchtränkten Papiere. »Schauen Sie sich bloß diese Schweinerei an! Die ganze Tinte – alles verschmiert.« Er nahm das Taschentuch vom Aktenstapel und versuchte damit den Wein von der Schreibtischoberfläche aufzunehmen.

»Ophit Almuthar, also der Erzmagier Almuthar – er wurde ermordet«.

Waster Wühlig hob erstaunt den Kopf. »Wie war das? Sagen Sie das noch mal.« Hektisch betupfte sich der Hauptmann mit dem nassen, kühlen Taschentuch Wangen und Stirn, womit er rötliche Flecken im Gesicht hinterließ.

»Ophit Almuthar wurde ermordet. Seine Haushälterin hat seine Leiche vorhin im Arbeitszimmer entdeckt.«

Für ein Moment starrte Waster schweigend aus dem Fenster. Es war erstaunlich, so schnell konnten Probleme aus der Welt geschafft werden und neue wiederum entstehen. Nachdenklich kratzte er sich am Kinn.

»Weiß Oberst Zobel schon davon?«

»Ja, Herr Hauptmann, er ist schon am Tatort.«

»Gut, dann lassen Sie uns sofort aufbrechen. Worauf warten Sie eigentlich noch, Blomberg?! Na los.«

Schweißperlen rannen Aazarus von der Stirn. ›Welch peinlicher Vorfall‹, schämte er sich, ›meinetwegen wurde die Schankfrau vor allen Leuten bloßgestellt und ein Gast vor die Tür geworfen. Es wäre wohl das

Beste, wenn ich von ihr einfach unauffällig verschwinden würde‹. Er griff seinen Rucksack und
schnallte ihn auf seinen Rücken.

»Moooment!«, zischte Dornella. Mit einem kräftigen
Tritt donnerte sie die Eingangstür in den Rahmen.
»Wo willst du denn so schnell hin? Dachtest, du
könntest dich ohne zu zahlen aus dem Staub machen,
oder was?!« Dornella kam näher und richtete einen
drohenden Blick auf den Halbling. Die Zwerge saßen
freudestrahlend an der Theke und warteten gespannt
auf das, was jetzt kommen mochte.

»Selbstverständlich nicht «, brachte Aazarus mit aus-
getrockneter Kehle hervor und tastete nach seinem
Geldbeutel. Als er den Beutel an seinem Gürtel nicht
vorfand, öffnete er seinen Rucksack in der Hoffnung,
ihn in einem unbedachten Moment dort hineingetan
zu haben.

»Wird's bald, ich habe noch Besseres zu tun, als mich
mit dir herumzuplagen.« Dornella trommelte ungeduldig mit ihren wulstigen Fingern auf die Tischplatte.

»Ähm ... ich, ich ... weiß auch nicht ... ich kann mein
Geld einfach nicht finden.«

Die Zwerge spitzten ihre Ohren und zeigten ein
glückliches Gesicht.

»Du willst mich wohl veräppeln!?«, donnerte Dornella, » na warte!«

»Nein, ganz bestimmt nicht!« wehrte Aazarus ab. »Als ich vorhin ins Gasthaus kam, hatte ich den Geldbeutel noch bei mir, ganz sicher! Er muss mir gestohlen worden sein. Dieser rothaarige Bursche, der mit mir hier am Tisch saß, der kam mir gleich so seltsam vor. Und das mit ihrem Kleid eben ...«

Noch bevor der Halbling den Satz vollenden konnte, wurde er von der Schankfrau am Hemd gepackt und von seinen Füßen gerissen. Schier beeindruckt von der Kraft der Schankfrau, hielten die Zwerge die Luft an.

»He, was soll das! Was ist denn das für ein Benehmen?! So geht man doch nicht mit seinen Gästen um!«

Unsanft wurde Aazarus in die Küche geschleppt und vor einem blubbernden Kupferkessel zu Boden geworfen. Als er aufsah, blickte er in das ernste, fragende Gesicht einer älteren Frau. Die Haut auf Stirn und Wangen war faltig und unter ihrem roten Kopftuch konnte der Halbling einige graue Haare ausmachen. Von dem Rührlöffel in ihrer Rechten tropfte Suppe auf den abgewetzten Küchenboden.

»Sehen Sie, was ich hier für Sie habe, Frau Zapp.« Dornella zerrte Aazarus etwas näher heran, der, verzweifelt ob seiner Lage, ihr in die Hand biss.

»Aua! Das wirst du mir büßen! Sehen Sie sich das an, Frau Zapp, dieser Mistkerl hat mir jetzt auch noch in die Hand gebissen.«

Die Schankfrau hatte vor Schreck einen Schritt zur Seite gemacht. Das war die Chance für Aazarus zu fliehen. Mit einem geschickten Satz war er schon an der Tür zum Schankraum, stieß sie auf und krachte in eine Gruppe von Zwergen, die vor der Tür gestanden haben mussten, um zu lauschen.

»Was ist denn heute bloß los?« Die alte Wirtin schüttelte den Kopf, als sie die am Boden liegenden Zwerge und den Halbling betrachtete.

»Dieser Bursche kann sein Essen nicht bezahlen!« Dornella richtete ihren ausgestreckten Zeigefinger anklagend auf Aazarus. »Und er hat mich vor den Gästen bloßgestellt.«

»Ach ja?« Misstrauisch beäugte die Wirtin den kleinen Kerl vor ihr, der sich gerade aus dem Zwergenhaufen befreite.

»Das war doch alles nur ein schreckliches Missgeschick. Ich würde doch niemand das Kleid vom Leib reißen. Und das mit der Bezahlung ... ich kann meinen Geldbeutel einfach nicht finden. Vorhin hatte ich ihn noch bei mir. Jemand muss ihn mir gestohlen haben. Bitte glauben Sie mir, ich lüge nicht.«

»Das kann ja gut sein, aber nichtsdestotrotz schuldest du uns Geld. Von daher .... von daher schlage ich vor, du arbeitest es ab«, erwiderte Frau Zapp. Wenn man die Betonung ihrer Worte genauer interpretierte, war es eigentlich mehr eine Feststellung als ein Vorschlag.

»Was kann der denn schon?«, entgegnete Dornella. »Der ist doch viel zu klein, um hier im Gasthaus mit anzupacken.«

Aazarus war beleidigt. »Ich kann zum Beispiel gut kochen« stellte er unmissverständlich fest und verschränkte die Arme vor der geschwellten Brust.

»Und was kannst du noch so?«, fragte die alte Wirtsfrau. Sie starrte an die Wand und überlegte. »Wie wäre es mit Betten machen? Oder Wasser schleppen? Oder vielleicht Holz hacken, Geschirr abwaschen, nein noch besser: Wäsche waschen...« Frau Zapps Stimme gewann an Fahrt.

»Den Boden wischen und die Tiere füttern?«, fuhr Dornella hoffnungsvoll dazwischen.

»Na, zum Anfang könntest du wirklich einmal den Boden wischen und die Fenster putzen«, sagte Frau Zapp, als sie in die großen, erwartungsvollen Augen von Dornella blickte. »Bald geht die Sonne unter und dann wird es hier noch voller. Gegenüber befindet sich nämlich die Stadtwache. Die Angestellten sind unsere besten und treusten Kunden. Also abgemacht und ich muss jetzt zurück zu meiner Suppe. Dornella wird dir alles zeigen, was du wissen musst.« Dann verschwand die Wirtin hinter der Küchentür.

»Übrigens, mein Name ist Aazarus, Aazarus Lichtkind. Ich komme aus den Purpurhügeln«, rief er ihr noch hinterher.

Es dauerte nicht lange und Aazarus stand mit einem Tuch in der einen und einem Bottich Wasser in der anderen Hand im Schankraum. ›Was mache ich hier bloß?‹, seufzte Aazarus. Langsam trottete er zu einem der Fenster und begann es zu putzen.

»Und das du mir ja gründlich bei deiner Arbeit bist«, drang Dornellas energische Stimme zu ihm herüber. »Ich werde mir nachher jede Scheibe einzeln ansehen«.

›Ja, ja, schon gut, du olle Sklaventreiberin‹. Aazarus schrubbte nun etwas kräftiger und polierte das nasse Glas mit einem trockenen Tuch. Dabei sah er zufällig aus dem gegenüberliegenden Gebäude zwei schwer gerüstete Männer schreiten. ›Ach ja, das dort drüben muss die Stadtwache sein‹, kam es ihm in den Sinn. ›Ob die sich wohl für meinen gestohlenen Geldbeutel interessieren?‹ Der Halbling schob seinen Gedanken sogleich zur Seite. ›Die werden mich doch nur auslachen, wenn ich wegen solch einem Kinkerlitzchen bei denen anklopfe‹. Neugierig sah er den beiden Wachleuten hinterher, die die Eiergasse hinunterhetzen. ›Die haben hier in Moorin wahrscheinlich viel wichtigere und aufregendere Dinge aufzuklären als einen einfachen Taschendiebstahl‹.

3. Vom Tod eines Magiers

Hauptmann Waster Wühlig und Wachmann Blomberg marschierten eilig zum nahen Magierturm. Das düstere Gemäuer ragte wie ein gigantischer Zahn in den wolkenlosen Himmel. Mit seinem schwarzgrauen Felsgestein und den schartenartigen Fenstern glich das Bauwerk eher einer bedrohlichen, uneinnehmbaren Festung als dem Studierturm[3] eines Magiers.

Hauptmann Wühlig befahl Blomberg sich vor dem Eingang zu postieren und auf weitere Befehle zu warten. Dann durchschritt er die schwere Pforte und fand sich in einem runden, prachtvoll ausgestatteten Raum wieder. Auf dem Boden waren kunstvolle Teppiche ausgebreitet und an den Wänden hingen mehrere Gemälde in protzigen Goldrahmen. Es waren Portraits von Magiern, dass hatte Waster gleich an den opulenten, mit Runen bestickten Brokatroben und an dem auffälligen Schmuck erkannt, unter denen die Dargestellten selbst fast völlig verschwanden. Waster schüttelte sich angewidert und besah sich weiter den Raum. Um einen großen Tisch verteilten sich vier Polstersessel, und ein mit rotem Samt bezogenes Kanapee aus erlesenem Holz stand etwas abseits in einer Zimmerecke. Rund herum, an den Wän-

---

3 **Studiertürme** sind bereits seit 500 n. DK (nach den Drachenkriegen) in Surien bekannt. Viele der Türme wurden ursprünglich als Verteidigungswerke errichtet und später durch einflussreiche Magier als Wohn- und Arbeitsquartier genutzt. Je höher der Turm, desto höher ist in der Regel das Ansehen des dort sesshaften Magiers.

den postiert, erhoben sich Regale, angefüllt mit Büchern, Schriftrollen, kleinen, großen, bunten, langen und breiten Gläsern, kleinen Kunstgegenständen wie Statuetten und Schalen und seltsamen Gerätschaften, deren Funktion sich Waster nicht erschloss.

›So wohnen also Magier‹, staunte Wühlig. Er musste unweigerlich an sein spärlich eingerichtetes Zimmer in der Eiergasse denken, das er zur Miete bewohnte. Was sich wohl noch in den anderen Etagen des Gebäudes entdecken ließ? Waster wollte gerade die wandbegleitende Treppe emporsteigen, als er die Person bemerkte, die wohl die ganze Zeit über bewegungslos am marmornen Kamin gestanden haben musste. Es war ein breitschultriger Mann mittleren Alters von stattlicher Größe. Seine vollen braunen Haare waren perfekt frisiert und die polierten Knöpfe auf der Schulter seiner Uniform glänzten mit dem Kaminfeuer, in das er schaute, um die Wette. Waster schlug geräuschvoll die Hacken zusammen und salutierte: »Herr Oberst?«

Ohne den Hauptmann anzusehen, ergriff Oberst Zobel das Wort: »Ah, Wühlig, schön, dass Sie da sind. Setzen Sie sich doch.«

Waster nahm in einem der großen Sessel platz.

»Tja, was sagt man dazu?«, sinnierte der Oberst.

»Wie meinen Sie, bitte?«, fragte Waster, der in dem tiefen, gewaltigen Polster zu versinken drohte.

»Dieser schreckliche Mord an Ophit Almuthar. Wahrlich ein großer Verlust für die Stadt Moorin, nicht wahr?« Als Oberst Zobel trotz längeren Wartens keine Antwort erhielt, drehte er sich um. Ohne eine Miene zu verziehen, betrachtete er schweigend den Hauptmann, der bis zu den Oberarmen zwischen den beiden Armlehnen des Sessels verschwunden war. Auf seiner Stirn und den Wangen glühten im flackernden Licht des Kamins rote Flecken. »Sie haben da irgendetwas im Gesicht«, bemerkte Zobel nüchtern.

»Etwas im Gesicht, Herr Oberst?«

»Na, Dreck oder so. An Ihren Wangen und auch kurz unter Ihrem Haaransatz.«

Der Hauptmann berührte seine Stirn und betrachtete die klebrige Kuppe seines Zeigefingers. »Oh! Äh, tja vorhin, da ...«, begann Waster.

»Schon gut, machen Sie es einfach weg«, unterbrach ihn Zobel. »Sagen Sie mir lieber, was für Mordmethoden Ihnen einfallen?« Der Oberst ging zu einem der Regale hinüber und nahm beiläufig ein Glaszylinder in die Hand. Interessierte beäugte er den Echsenkörper darin, der in einer zähen, durchsichtigen Flüssigkeit trieb.

»Nun, ich weiß nicht, was Sie meinen, Herr Oberst?«, entschuldigte sich Waster, der vergeblich versuchte, sich aus dem Sessel zu erheben.

»Bleiben Sie ruhig sitzen«, erwiderte Zobel.

Waster wurde wieder von dem Sitzmöbel gefangen genommen.

»Nun, ich meinte, wie begeht man üblicherweise einen Mord?« Der Oberst schaute irritiert, als die Echse ihm zublinzelte, und stellte das Glas lieber ins Regal zurück. Gemächlichen Schrittes durchquerte er den Raum und stützte sich auf die Rückenlehne von Wühligs Sessel.

»Oh, da gibt es einiges, Herr Oberst«, sagte Waster schließlich und richtete sein Blick auf Zobels markantes Kinn, das über ihn hinweg ragte. »Man kann jemanden beispielsweise erstechen. Oder auch vergiften, ersticken oder erschlagen«. Der Hauptmann überlegte weiter. »Nun ja, wir hatten auch schon Mordopfer, die ertränkt oder erhängt worden waren. Ach, und Sie wissen doch bestimmt noch, Herr Oberst, dieser Fall vor einigen Monaten, bei …«

»Danke, dass genügt mir, Hauptmann Wühlig. Sie haben die beiden Methoden genannt.« Der Oberst löste sich von der Sessellehne und postierte sich vor dem verdutzen Hauptmann.

»Die beiden Methoden? Wovon sprechen Sie eigentlich?«

In diesem Moment kam aus einem Nebenraum ein Wachmann in Begleitung einer Frau, die bitterlich weinte. Er ging auf Zobel zu, nahm Haltung an und salutierte. Dabei beobachtete er aus dem Blickwinkel heraus, wie Hauptmann Wühlig bemüht war, sich aus dem Polster zu befreien.

»Herr Oberst, dies ist Frau Lepsius, die Wirtschafterin von Erzmagier Ophit Almuthar. Sie hat die Leiche um die Mittagszeit im Arbeitszimmer entdeckt.« Frau Lepsius schnappte nach Luft und schniefte laut, als sie die Worte des Wachmanns vernahm.

›Sicher, er hatte natürlich auch *Personal*!‹, dachte Waster neiderfüllt und verzog sein Gesicht. ›Ich kann mir mit meinem kläglichen Sold keine Haushälterin leisten, die mein Zimmer sauber hält oder geschweige mir die Wäsche wäscht‹.

»Danke, Sie können gehen«, sagte Zobel an den Wachmann gerichtet und wandte sich dann an die Wirtschafterin. »Liebe Frau Lepsius«, flötete er mit einem besänftigenden Lächeln, »dürfte ich Sie bitten, kurz dort auf dem Kanapee Platz zu nehmen, ich habe noch etwas Wichtiges mit Herrn Hauptmann Wühlig zu besprechen.« Er wies auf das rote Sitzmöbel, woraufhin sich Frau Lepsius schluchzend auf zitternden Beinen entfernte. »Mensch, Wühlig!«, flüsterte der Oberst dem Hauptmann ins Ohr. »Wo sind denn Ihre Manieren geblieben? Sie hätten wenigstens aufstehen und der Dame die Hand geben können.«

»Tut mir sehr Leid, Herr Oberst. Aber wie Sie vermutlich schon bemerkt haben, bin ich zur Zeit in meiner Bewegungsfreiheit etwas eingeschränkt. Irgendwie muss sich meine Rüstung mit dem Polster ...«

»Sagen Sie mal, Wühlig, riechen Sie das auch?«, fragte Zobel unvermittelt und beugte sich über den Hauptmann.

»Riechen, was meinen Sie? Ich rieche nichts.«

»Doch, doch, es riecht nach ... nach ... nach Alkohol, würde ich sagen.«

»Alkohol? Wein etwa?«, fragte Hauptmann Wühlig nervös. »Nein, also ich rieche nichts.«

Zobel spitzte die Lippen, was er immer tat, wenn ihm etwas missfiel, und warf einen Blick auf Frau Lepsius, die gerade wieder begonnen hatte zu weinen.

»Aber zurück zum Fall«. Der Oberst zwirbelte an einem seiner Bartenden, während er überlegte. »Genau«, entfuhr es ihm, »wir waren bei den Mordmethoden stehen geblieben. Sie erinnern sich, Herr Hauptmann?«

Waster nickte schweigend.

»Präzise gesagt, Mord durch Vergiften und Erstechen oder anders herum. Das wird sich noch herausstellen. Aber vielleicht kann uns die gute Frau Lepsius in diesem Fall ja schon weiterhelfen.« Oberst Zobel sah zur Wirtschafterin hinüber, die vollkommen in sich versunken auf dem Kanapee saß und sich mit den Ärmeln gerade die Tränen trocknete.

»Vergiften? Erstechen? Wovon reden Sie, Herr Oberst?«

Doch Zobel war bereits zu Frau Lepsius gegangen und hatte mit der Befragung begonnen. In der Zwischenzeit war Waster bestrebt, sich endlich aus dem Sessel zu befreien. Erbost über seine peinliche Lage, rüttelte und wandte er seinen Körper heftig hin und her – vergeblich. Sein Brustpanzer war noch immer mit dem Polsterstoff verhakt. Ärgerlich riss sich der Hauptmann mit ganzer Kraft hoch und kam schließlich mit einem lauten »Plopp« frei. Die aufgestaute Wut und die dadurch entstandene Wucht riss Wühlig von der Sitzfläche des Polstersessels, und er stürzte laut krachend zu Boden. Mit einem schrillen Aufschrei sprang Frau Lepsius vom Kanapee auf und umklammerte Hilfe suchend Oberst Zobel. Waster indes erhob sich stöhnend. Er spürte einen brennenden Schmerz und in der Tat hatte er durch den Sturz seinen Arm auf ganzer Länge aufgeschürft. »So ein Scheiß!«, schrie Waster aufgebracht. Er griff nach einem Seidentuch von einer Kommode und begann damit, unter ständigem Fluchen, die blutende Wunde zu verbinden. Mit einem grimmigen Gesicht kam Oberst Zobel auf ihm zu gestapft.

»Ich bitte Sie, Hauptmann, schreien Sie nicht so herum. Sie verängstigen damit Frau Lepsius. Die Ärmste steht unter Schock und kann in ihrem Zustand keinen Lärm vertragen. Haben Sie denn kein Einfühlungsvermögen?«

»Jawohl, Herr Oberst.« Waster salutierte und beobachtete dabei das blutgetränkte Seidentuch, das sich von seinem Arm gelöst hatte und zu Boden fiel.

Zobel spitzte die Lippen. »Wir haben hier einen ungewöhnlichen Mordfall aufzuklären, Wühlig. Und da erwarte ich außerordentliche Disziplin, einen entschlossenen Eifer und ein Übermaß an Professionalität. Dies gilt nebenbei und insbesondere auch für den Hauptmann der Stadtwache. Also reißen Sie sich ausnahmsweise mal zusammen. Im Übrigen haben wir es, wenn ich Frau Lepsius richtig verstanden habe, nicht nur mit dem Mord an einem Erzmagier zu tun, sondern auch mit seinem entlaufenden Höllenhund, für den sie vorhin auf dem Markt noch Schwefel besorgen sollte.«

»Ein entlaufender Höllenhund? Aber ... aber ist ... ist das nicht eine dämonische Gestalt?"

»Ja, in der Tat. Sie ähnelt einem gewaltigen Hund und besitzt meist mehrere Köpfe. Und da Almuthar nun tot ist, hat keiner dieses Untier unter Krontrolle, was natürlich mehr als gefährlich ist!«

»Und so eine Bestie läuft jetzt frei in Moorin herum? Diese verdammten Magier! Ja, kennen die denn die Gesetze nicht? Das Halten vom schwarzmagischen Kreaturen ist nicht ohne Grund im ganzen Kaiserreich unter Strafe strengstens verboten!«, mahnte

Waster erzürnt. »Wenn bloß nichts schlimmeres passiert. Wir ... wir müssen die Bürger sofort warnen!«

»Sind Sie verrückt geworden? Wollen Sie das eine Massenpanik in der Stadt ausbricht?«, gab der Oberst zu bedenken. »Nein, wir müssen die Sache diskret, ganz im Geheimen sozusagen, angehen und dennoch alles daransetzen die Bürger zu schützen.«

»Wie wollen Sie denn so einen riesigen Höllenhund, der obendrein noch mehrere Köpfe besitzt, geheim halten? Wahrscheinlich fliehen, während wir uns hier gerade unterhalten, alle Bürger gerade aus der Stadt, weil dieses Vieh gemütlich durch die Straßen spaziert und nebenbei hie und da ein paar Mooriner verspeist.«

»Jetzt beruhigen Sie sich erst einmal Herr Hauptmann und hören mir gut zu.« Oberst Zobel drückte Waster wieder in den Sessel und sah ihn streng an. »Also erstens, Höllenhunde sind zwar gefährlich und auch eine tödliche Gefahr für alle Bürger, ja – sie ernähren sich jedoch ausschließlich von Schwefel. Zweitens, wie alle dämonischen Kreaturen scheuen Höllenhunde das Tageslicht. Dies bedeutet, dass zumindest bis Sonnenuntergang die Wahrscheinlichkeit eher gering ist, dass der Höllenhund auf den Mooriner Straßen *spazieren* geht. Des Weiteren herrscht, wie Sie wissen, in der Stadt zum Glück eine Nachtsperre. Nichtsdestotrotz dürfen wir nicht lange zögern. Ich werde, sobald wir hier alles erledigt haben, zur Magieruniversität gehen und mit dem Universitätspräsidenten, Herrn Hardur, sprechen ...«

»Sehr gut«, unterbrach Waster seinen Vorgesetzten freudestrahlend. »Und falls es Ihnen nichts ausmacht, würde ich gerne dabei sein, wenn Sie diesen Obermagiern die Leviten lesen.«

»Von wegen „Leviten lesen". Ich werde Herrn Hardur bitten, dass der Universitätsrat sich dem Problem mit dem Höllenhund annimmt.«

»Wie bitte?«, fragte Waster verwundert und riss sich aus dem Sessel empor. »Die Sache fällt eindeutig unter den Aufgabenbereich der Stadtwache! Bei solch einer akuten Ausnahmesituation können wir uns doch nicht auf diese Verrückten verlassen.«

»Falls Sie es vergessen haben sollten, Herr Hauptmann«, und dabei tippte der Oberst auf Wasters Brustpanzer, »sind dämonische Kreaturen nicht mit einfachen Waffen, wie Schwerter oder Pfeile, zu töten oder zu verletzten. Das schafft man nur mit Magie. Daher sind wir auf diese *Verrückten*, wie Sie sie nennen, angewiesen.«

»Nun gut, aber ich prophezeie Ihnen, dass es bestimmt bald viele Tote geben ...« Wühlig hielt plötzliche inne, denn er bemerkte, dass Frau Lepsius ihn und den Oberst mit großen Augen anstarrte.

»Oh nein!« schluchzte sie aufgelöst. »Ich habe gewusst, dass dieses schreckliche Ungeheuer irgendwann jemanden töten wird. Ich habe Herrn Almuthar immer gesagt, er soll dieses Ding wegschaffen ...«

Oberst Zobel und Waster Wühlig kamen Frau Lepsius sofort zur Hilfe, die plötzlich ohnmächtig zusammengebrochen war. Sie trugen sie zum Kanapee und tätschelten leicht ihre Wangen und Hände, bis sie schließlich wieder ihr Bewusstsein erlangte.

»Kommen Sie Frau Lepsius«, meinte der Oberst, »das war ein sehr langer und schlimmer Tag für Sie. Am Besten einer meiner Männer bringt Sie erst einmal nach Hause. Alles andere können wir ja noch morgen mit Ihnen bereden. «Zobel rief nach Wachmann Blomberg. Kaum hatte dieser mit Frau Lepsius den Turm verlassen, richtete der Oberst sich wieder an Waster. »Also wirklich, dass war gerade nicht sehr professionell von Ihnen«. Zobel schüttelte ernsthaft den Kopf und umrundete mit rücklings verschränkten Armen und gespitzten Lippen mehrmals den Hauptmann.

»Jawohl, Herr Oberst, wie Sie befehlen«, entgegnete Waster pflichtbewusst.

Zobel rollte mit den Augen und seufzte. »Schon gut, schon gut. Aber genug geredet. Wir haben noch eine Menge Arbeit vor uns. Kommen Sie nun, folgen Sie mir nach oben.«

Der Oberst und der Hauptmann stiegen die Treppe bis zum obersten Geschoss empor und betraten einen Raum, der dem Magier offensichtlich als Studier- und Arbeitszimmer gedient hatte. Aufgereiht standen hier zahlreiche Regale, in denen Bücher, Schriftrollen und

Folianten ordentlich verstaut waren. Weiter hinten, in einer Ecke entdeckte Wühlig Almuthars Leiche hinter einem voluminösen Schreibtisch. Mit gespenstisch aufgerissenen Augen hing sie zusammengesackt in einem schwarzen Sessel. Auf den ersten Blick war keine Spur von Gewaltanwendung erkennbar. Als der Hauptmann jedoch näher trat, sah er einen Dolch, der durch die Rückenlehne in den Körper des Magiers gestoßen worden war. Offenbar wurde Almuthar bei der Arbeit tödlich überrascht. Vor ihm auf dem Schreibtisch lag ein Buch, ein Federkiel mit Tintenfass und eine hinuntergebrannte Kerze. Waster griff nach der daneben stehenden Porzellantasse, schwenkte sie leicht und hielt die sich darin befindende Flüssigkeit unter die Nase.

»Tee«, brummte er. »Grüner Tee, würde ich sagen, inzwischen schon braun geworden.«

»Genau genommen handelt es sich dabei um vergifteten Tee«, erklärte Zobel, »Kareen-Gift[4] vermutlich, worauf die grüne Äderung der Augäpfel hindeutet.

---

4 **Kareen-Gift** ist ein hoch wirksames Nervengift. Es wird aus der Alge *Carea silvasundia* gewonnen, die nur im südlichen Silvasund verbreitet ist und in einer Tiefenregion von 50 bis 100 Metern wächst. Bereits kleine Mengen führen zum Erstickungstod. Die lethale Dosis ist noch unbekannt, da die Forschung an Carea silvasundia unter den Wissenschaftlern sehr unpopulär ist. Schon Spuren des Giftes führen zu Gedächtnisverlust bis hin zur Demenz. Das Gift ist in der Alge nur in geringer Konzentration enthalten und wird nach dem Absterben der Pflanzenteile schnell abgebaut. Zur Anreicherung des Gifts sind deshalb große Mengen frischer Blätter und viele Extraktions- und Aufreinigungsschritte nötig. Selbst bei fachgerechter Aufreinigung sind Selbstvergiftungen häufig. Die Anreicherung von Kareen-Gift ist im Kaiserreich verboten.

Das Gift führt schon bei geringsten Dosen zu einem qualvollen Erstickungstod.«

Der Hauptmann zuckte zusammen und stierte fassungslos seinen Vorgesetzten an.

»Kareen-Gift? Aber ... aber da hätten Sie mich doch warnen müssen, als ich eben die Tasse ...«

»Wahrlich ein qualvoller Erstickungstod«, unterbrach ihn der Oberst. »Das können Sie an der verkrampfen Sitzhaltung der Leiche erkennen. Sehen Sie hier und dort. Keine schöne Art das Zeitliche zu segnen, nicht wahr?« Zobel beugte sich über den Schreibtisch nahm das Buch zur Hand und versuchte mit zusammengekniffenen Augenbrauen, den Textinhalt der aufgeschlagenen Seite zu enträtseln.

»Kann mir etwas Schöneres vorstellen, Herr Oberst.« Waster betrachtete die Leiche näher, die in einen feinen grünen Brokatmantel gekleidet war. »Wie lange ist der Mann schon tot?«

»So genau wissen wir das nicht«, entgegnete Zobel, der gleichzeitig noch immer fasziniert den komplizierten Text studierte. Wie ein Gelehrter stand er stocksteif in dem schummrigen Studierzimmer. Seine rechte Hand hatte er auf den Rücken gelegt, während er mit der linken den Wälzer hielt. »Aber wir können den Zeitraum eingrenzen. Frau Lepsius hat Almuthar als letzte lebendig gesehen. Das war gestern, spät abends, bevor sie den Turm verließ und nach Hause ging. Er hatte sie noch gebeten am nächsten Morgen gleich auf den Markt zu gehen, um Schwefel für den Höllenhund zu besorgen.«

Der Oberst hielt in seinem Redefluss inne. Waster schaute mit einer finsteren Miene zu ihm hinüber, denn er nahm seinem Vorgesetzten die gefährliche Situation mit dem Tee mehr als übel. Zobel, der nach einer Weile vom Buch aufsah, erwiderte den eindringlichen Blick. Er hob fragend seine Augenbrauen und schloss unvermittelt mit einem lauten Klaps das Buch.

»Als sie um die Mittagszeit zur Arbeit kam und das Zimmer betrat, war Ophit Almuthar tot.«

»Demnach muss er zwischen gestern Abend und heute Mittag ermordet worden sein«, kombinierte Waster.

»Richtig, Wühlig. Aber wir können den Zeitpunkt sogar noch etwas weiter eingrenzen, nicht wahr?«

»Ach ja? Und wie?«

»Mit Hilfe des Höllenhundes.« Der Oberst wippte vergnügte auf seinen Zehen und beobachtete den Hauptmann beim Grübeln. »Kommen Sie schon Wühlig, so schwer ist das nun auch wieder nicht.«

Waster biss sich auf die Unterlippe. »Tut mir Leid«, gestand er, »können Sie mir vielleicht noch einen Tipp geben.«

»Nun gut. Was habe ich Ihnen vorhin über Höllen-hunde erzählt?«

»Ähm, sie sind mit Waffen weder zu töten, noch zu verletzen?«

»Ja, aber das meinte ich nicht.«

»Dass sie sich von Schwefel ernähren?«

»Sie tappen mal wieder im *Dunkeln*. Der Oberst grinste wie ein Honigkuchenpferd. »Jetzt aber, jetzt müssten sie eigentlich drauf kommen.«

»Nein, keine Ahnung«. Waster lehnte sich genervt an die Wand.

»Na schön, ich verrate es Ihnen. Also ...,« Zobel legte eine Kunstpause ein. », ich möchte Sie ja nicht weiter auf die Folter spannen. Höllenhunde sind lichtscheu. Daher ist anzunehmen, dass, als diese Kreatur entlaufen ist, es noch dunkel sein musste. Das bedeutet Almuthar muss zwischen Sonnenunter- und Aufgang ermordet worden sein«.

»Ja ... aber ...«, Waster sah zu dem freudestrahlenden Oberst hinüber, »nur weil der Hund nachts entlaufen sein könnte, heißt das ja noch lange nicht, dass Almuthar zu diesem Zeitpunkt schon Tod war. Sie sagten vorhin nur, der Hund sei seit dem Tod des Magiers nicht mehr zu kontrollieren ... oder habe ich da etwas nicht richtig verstanden?«

Zobel kräuselte nachdenklich die Stirn und fokussierte für eine Weile Almuthars Leiche. Dann plötzlich erwachte der Oberst so schnell aus seiner Starre, wie er in diese eben noch gefallen war, und tat eine abfällige Handbewegung. »Ach Wühlig, Sie müssen das ja auch nicht verstehen«.

Waster war nun völlig durcheinander. »Nein, bitte, ich möchte es aber ver...«

Der Hauptmann unterbrach sich, als ein Pergamenthaufen unter dem Schreibtisch zu rascheln begann. Er führte die Hand an sein Schwert und trat vorsichtig näher heran. Zuerst sah er die schnuppernde Nase eines kleinen pelzigen Tieres unter dem Papier herauslugen. Dann blinzelte der Kopf eines braunen Wiesels hervor, das sein Gegenüber aufmerksam beäugte. Waster entspannte sich.

»Sehen Sie nur, Herr Oberst«, wandte er sich an seinen Vorgesetzten. »Wie das wohl hier herein gekommen ist?«

»Oh, ich nehme an, dass dies dort kein gewöhnliches Wiesel ist, Wühlig«, mutmaßte Zobel, der wieder munterer wurde. »Wahrscheinlich handelt es sich hier diesmal aber nicht um eine dämonische Kreatur, sondern um Almuthars *Intimus Magicus*.«

»Seinen was?«

»Seinen Intimus Magicus, Wühlig. Offenbar kennen Sie sich mit den magischen Lehrritualen nicht aus?« Zobel registrierte den leeren Gesichtsausdruck seines Untergebenen. »Nun, dann werde ich es Ihnen erklären. Jeder Zauberer muss, wenn er seinen Abschluss an einer magischen Universität bestanden hat, für mehrere Jahre bei einem Magier in die Lehre gehen. Dort lernt er die letzten Feinheiten und Geheimnisse der angewandten Magie. Am Ende seiner Lehrjahre beherrscht ein Zauberlehrling schließlich die notwendige Theorie des Zauberns, aber für die praktische Anwendung benötigt er noch ein letztes Ritual. Soweit ich weiß, existiert eine Art magisches Netz, welches unsere Welt umgibt. Erst wenn ein Magier imstande ist, diese Kraft des Netzes zu nutzen, kann er sie in einen Zauber umwandeln.«

Hauptmann Wühlig überlegte angestrengt. »Wenn ich Sie richtig verstanden habe, könnte ohne dieses Netz niemand auf der Welt zaubern?«

»Richtig, Wühlig.«

Die Augen des Hauptmanns strahlten. »Kann dieses Netz irgendwie … verschwinden?«

»Wo denken Sie hin?«, wunderte sich der Oberst. »Wie kommen Sie auf solch eine seltsame Frage? Nein, ich nehme an, dass dies zum Glück nicht möglich ist.«

Waster seufzte enttäuscht.

»Nun, aber eigentlich wollte ich Ihnen erklären, dass ein Zauberlehrling auf dieses magische Netz nicht zugreifen und er demnach nicht zaubern kann. Hierfür benötigt er ein...«, der Oberst grübelte nach dem rechten Wort, »... ein Medium. Am Ende der Ausbildung bestimmt der Lehrmeister ein Tier seiner Wahl und überträgt in dieses einen kleinen Teil seiner Kräfte. Dieses magische Tier, der sogenannte *Intimus Magicus*, ist das benötigte Medium, um letztendlich auch zaubern zu können. Dem Lehrling wird er schließlich überreicht und macht ihn fortan zu einem wahren Magier. Zwischen Zauberer und Tier besteht zeitlebens eine besondere Verbindung, denn er ist sozusagen ein Teil seiner Kraft. Oft wird das Tier auch als „magischer Begleiter" bezeichnet. Stirbt eines Tages der Magier, wird aus dem *Intimus Magicus* irgendwann wieder ein normales Tier.« Der Oberste deutete auf das braune Wiesel, welches mit Argwohn an Wasters Bein schnupperte. »Und dieses da, ist vermutlich der magische Gefährte von Almuthar.«

Das Wiesel hob seinen Kopf und spähte zum Oberst hinüber.

»Bitte entschuldigen Sie meine Neugier, Herr Oberst, aber woher wissen Sie so viel über die Ausbildung von Magiern? Und auch über dämonische Kreaturen und dieses ganze Zeugs?«

»Ach«, bemerkte Zobel mit einem schwermütigen Unterton, den er nicht ganz verbergen konnte, »das ist eine andere, lange Geschichte.« Er betrachtete das Wiesel, das gerade hinter einem Bücherregal verschwand. »Wenn Sie mehr über die magischen Riten der Zauberer erfahren wollen, dann empfehle ich Ihnen, sich mit den Ereignissen der legendären Drachenkriege auseinander zu setzen, Herr Hauptmann.«

»Sie meinen jene Drachenkriege, des panmagischen Altertums? Hatten die nicht auch etwas mit dem Kampf gegen die Schwarzelfen zu tun?«

»Nachtelfen, Wühlig. Nicht Schwarzelfen. Es ist schon traurig, wie wenig die jungen Leute sich für klassische Geschichte interessieren.« Der Oberst schüttelte ernüchtert den Kopf und seufzte tief. »Nun gut, dann werde ich Ihnen auch hierzu kurz Nachhilfe erteilen und Ihnen erzählen, worum es bei den Drachenkriegen ging. Schließlich sollen Sie eines Tages nicht als dummer Mensch sterben, nicht wahr? Also gut, Herr Hauptmann. Vor über zweitausend Jahren entfachte ein Krieg zwischen den Menschen und den Elfen. Beide Völker wollten die Vorherrschaft über die Charforen erringen, eine für die Seefahrt bis heute strategisch wichtige Meeresenge. Der Konflikt brodelte fast ein Jahrhundert lang und immer wieder gab es kleinere Gefechte, bis der Konflikt schließlich zu einem schrecklichen Krieg herangewachsen war, durch den der Untergang unserer Welt drohte.«

Wühlig musste aufgrund der Dramaturgie des Obersts hüsteln.

»Sie hören ganz Recht, Herr Hauptmann, ich übertreibe keineswegs. Nicht weniger als das Ende der Welt drohte, denn die Magier waren damals wesentlich mächtiger als heute. Ihre Zauber hatten gewaltige Urkräfte in Gang gesetzt, die sie kaum noch kontrollieren konnten. Ganze Ländereien versanken im Meer oder wurden durch Stürme zerstört. Doch das kümmerte die Magier der Elfen und die der Menschen nicht, so sehr waren beide Seiten im Hass zerstritten. Der jahrelange Krieg, verbunden mit unvorstellbaren Gräueltaten, hatte eine Versöhnung längst unmöglich werden lassen.

Eines Tages kamen schließlich die Drachen aus dem fernen Lacerra. Die Kämpfe hatten sie aus ihrem Jahrtausende andauernden Schlaf geweckt. Mit Entsetzen sahen sie, welche Verwüstungen die verfeindeten Völker hinterlassen hatten. Die Drachen mussten handeln, wollten sie die Zerstörung der Welt verhindern. Sie schmiedeten eine Allianz mit den Elfen, die sie für vernunftbegabter und kultivierter hielten und gemeinsam gelang es ihnen, die Menschen zu besiegen und den Krieg zu beenden. Kaum waren die Siegeschöre der Elfen jedoch verklungen, wandten sie sich gegen die verbündeten Drachen, um auch diese niederzuringen und als einziges Volk über die Welt zu herrschen. Die erzürnten Drachen, welche über vielfältige Kraft, aber auch über sehr viel Weisheit und Schläue verfügten, entschieden diesen zweiten Krieg aber für sich. Nun hatten sie nicht nur die Menschen, sondern auch die Elfen in die Knie gezwungen. Doch der Sieg war ein bitterer, denn die ewigen Kämpfe hatten auf der ganzen Welt nur unsägliches Leid und verbrannte Erde hinterlassen. Die Drachen beratschlagten sich und sie kamen darüber ein, dass nie wieder solch ein schrecklicher Konflikt zwischen Menschen und Elfen ausbrechen dürfte. Aber wie konnte man das garantieren?

Jahrelang diskutierten die uralten Echsen alle erdenklichen Möglichkeiten und alsbald kam es unter ihnen zum Streit. Es bildeten sich schließlich zwei Lager heraus. Das radikale Lager war der Meinung, dass sowohl das Volk der Menschen, als auch das der Elfen ausgelöscht werden müsse, denn nur so könne man einen erneuten weltvernichtenden Krieg für immer verhindern. Das gemäßigte Lager hingegen wollte den Menschen und Elfen die größte und wichtigste Waffe nehmen: die Anwendung von Magie. Diese Vorgehensweise bedeutete jedoch, dass die Drachengemeinschaft selbst einen großen Teil ihrer Macht einbüßen würde, was natürlich bei vielen unter ihnen auf Ablehnung stieß. Weitere Jahre zogen ins Land und ein endgültiger Entschluss blieb aus.

Die Untätigkeit und Unachtsamkeit der alten Echsen nutzte indes ein Teil des elfischen Volkes, indem es einen Befreiungsschlag gegen die Drachen eröffnete. Noch während der Kämpfe berief die gemäßigte Seite der Drachen eine Versammlung ein, um ein uraltes Ritual durchzuführen, dessen Ergebnis die Auflösung der Magie bedeutet hätte. Doch dazu kam es nicht, denn die radikale Seite sperrte sich gegen die Zeremonie, verließ verärgert die Versammlung und die Gemeinschaft der Drachen zerbrach für immer in zwei Lager. Das Ritual war dadurch geschwächt worden und in der Folge kam es nicht zur Auflösung, sondern nur zu einer dauerhaften Hemmung der Magie.

Die Drachen der gemäßigten Seite waren zuerst über das Ergebnis nicht glücklich, je länger sie jedoch darüber nachdachten, desto mehr erschien ihnen das Resultat als die beste Lösung überhaupt. Denn zum einen waren sie sich sicher, dass ein erneuter, zerstörerischer Krieg nun nie mehr möglich sein würde, zum anderen blieb die Welt der Magie auch für die Drachen erhalten. Letztendlich konnte der Aufstand der elfischen Splittergruppe niedergeschlagen werden. Bevor die Drachen sich wieder in ihre Heimat, das ferne Lacerra, begaben, nahmen sie den Menschen und Elfen den Eid ab, von nun an in Frieden zu leben und die Macht der Magie maßvoll einzusetzen. Als Warnung und ewiges Mahnzeichen gegen den Krieg nahmen sie die Asche des verbrannten Landes, das Blut und die Tränen, die der Krieg vergossen hatte. Sie mischten sie und färbten damit die Haut des aufständischen Elfenvolkes für immer dunkelblau, weshalb sie seither *Nachtelfen* genannt werden. Die Magiebegabten beider Völker hingegen sollten ewig daran erinnert werden, die Natur zu achten, statt diese sinnlos durch Magie zu zerstören. So erschufen die Drachen magische Tiere, welche wir heute *Intimus Magicus* nennen. Sie symbolisieren die Natur, ohne welche kein Zauberer in der Lage ist, Magie zu wirken. Die damit im Zusammenhang stehende Teilmagieübertragung eines Zaubererlehrmeisters an den *Intimus Magicus* ist eine zusätzliche Demutsbekundung gegenüber der Natur.« Oberst Zobel sah den völlig überforderten Waster an, der ab und zu müde die Lider schloss. »So, ich hoffe Sie haben sich das alles gemerkt. Natürlich gäbe es noch mehr zu berichten, beispielsweise die Sagen vom Untergang der Stadt Portamea.«

»Bitte verstehen Sie mich nicht falsch«, beschwichtigte Waster seinen Vorgesetzten »aber für den Moment reicht das vollkommen. Nun bin ich im Bilde. Ich danke Ihnen vielmals.«

»Also gut. Wie Sie meinen. Wir haben in der Tat ja auch noch wichtige Dinge zu erledigen, nicht wahr? Und wir sollten daher wieder zu unserem Mordfall zurückkehren.« Zobel versuchte seine Gedanken zu ordnen und deutete schließlich auf die Porzellantasse. »Wie ich vorhin erwähnte, haben wir schon herausgefunden, dass der Tee vergiftet war.«

»Ja, das hatten Sie bereits erwähnt«, brummelte der Hauptmann missmutig.

»Und dass es sich um ein exotisches und starkes Gift handelt, das innerhalb weniger Minuten zum Erstickungstod führt«, sagte Zobel. Dabei legte er das Buch wieder auf den Schreibtisch.

»Vielleicht war es ja kein Mord«, ulkte der Hauptmann, »sondern Selbstmord? Denkbar wäre es schon, oder nicht?! Sie kennen doch die Magier, Herr Oberst. Ziemlich exzentrisch in ihrem Auftreten.«

»Das nehme ich in diesem Fall nicht an«, entgegnete Oberst Zobel trocken, der offensichtlich den Gebrauch von Sarkasmus nicht kannte. »Da Sie bereits den Toten etwas genauer betrachtet haben, ist Ihnen sicherlich aufgefallen, dass der Leiche ein Messer im Rücken steckt. Ich kann mir nicht vorstellen, wie Almuthar es hätte bewerkstelligen können, sich selbst durch die Sessellehne in den Rücken zu stechen. Aus anatomischer Sicht unmöglich durchzuführen. Und dann noch der vergiftete Tee ... ich halte diese Theorie für mehr als unwahrscheinlich, Wühlig.«

»Ganz wie Sie meinen, Herr Oberst«, erwiderte Waster, mit einem kaum erkennbaren Schmunzeln.

»Schön, dass wäre dann ja geklärt«.

»Ach, Herr Oberst, was soll eigentlich mit der Leiche geschehen?«

»Die lassen Sie bitte bei Dr. Qualbig obduzieren. Gucken Sie mich nicht so an, Wühlig, wenn ich Qualbig sage, meine ich Qualbig. So, und jetzt werde ich zur Magieruniversität aufbrechen. Wollen Sie mitkommen?«

»Nein, nein, gehen Sie nur, ich bleibe noch ein wenig hier.«

»In Ordnung. Da ich gleich noch die Mitglieder des Universitätsrates befragen möchte, wird es wohl ein wenig länger dauern. Aber vielleicht lohnt die Mühe und der eine oder andere kann uns weiterhelfen. Wir suchen ja nicht nur einen Mörder. Uns fehlt bisher auch das Motiv.« Der Oberst verabschiedete sich und ließ den Hauptmann allein zurück.

»Ach ja, das Motiv.« Wühlig ging im Kopf all die Beschwerdeakten zu Almuthar durch, die er in den letzten Jahren bearbeitet hatte. Vielleicht ergab sich hier ein Hinweis und gar eine konkrete Spur auf den Mörder oder das Motiv? Leider wollte ihm jedoch spontan nichts Konkretes einfallen. Der Hauptmann seufzte zerknirscht. Es nützte nichts, er musste sich also alle Akten zu dem Erzmagier noch einmal ansehen. Was das wieder an Zeit kosten mochte! Nun, zum Glück musste er sich nicht um den Höllenhund kümmern.

Dass jedoch diese verantwortungslosen Magier nun Amtshandlungen übernehmen sollten, wo doch einer von ihnen das Untier überhaupt erst herangeschafft hatte, bereitete ihm Unbehagen.

Der Hauptmann trat ans Fenster und verfolgte, wie der Oberst gerade den Holzmarkt querte. Sein Blick wanderte weiter in die Ferne zum Universitätsturm hin, dessen eisernes Dach im Schein der Nachmittagssonne glänzte.

Nichts in der Welt hätte Waster dazu gebracht, freiwillig nur einen Fuß dort hineinzusetzen. Sollte sich doch Zobel mit dem absonderlichen Altherrenverein abmühen. Da schien es ihm wesentlich sinnvoller, den Tatort eingehender zu inspizieren. Waster ging zum Schreibtisch zurück und griff nach dem Buch, in dem der Oberst eben noch geblättert hatte. Es war in alten Lettern gedruckt, weshalb Wühlig Mühe hatte, allein den Titel -- Die Drachenkriege -- zu entziffern. Nicht schon wieder! Waster ließ den Wälzer auf die Tischplatte knallen, wodurch ein paar Pergamente zu Boden segelten. Als er sich bückte, um sie wieder einzusammeln, entdeckte er das Wiesel, das ihn aufmerksam beobachtete.

Der Hauptmann erinnerte sich, was Zobel ihm über das Tier erzählt hatte und er konnte es nicht von der Hand weisen, dass dieses Wiesel etwas Eigenartiges an sich hatte. Allein, wie es ihn mit seinen dunklen Augen förmlich durchdrang, machte ihn nervös.

»Verschwinde bloß«, brummte Waster.

Das Wiesel kam näher.

»Hast du nicht gehört?»

Das Tier trippelte unbeeindruckt voran und schnupperte interessiert an seinem Stiefel. Als der Hauptmann es mit seinem Bein vorsichtig zur Seite schieben wollte, bemerkte er unter dem dichten Fell einen Gegenstand, der an einer Kette befestigt um dessen Hals hing. Waster ging in die Hocke, um sich die Sache genauer anzuschauen. Jetzt erkannte er einen kleinen, kunstvoll gestalteten Schlüssel.

»Nanu? Wo hast du *den* denn her?« Sachte streckte er seine Hand aus, woraufhin das Tier zur Seite wich. »Na los! Komm schon her!«, befahl er und lief dem Tier hinterher, das aufgeregt um den Schreibtisch huschte. »Bleib stehen, du dummes Vieh!« Der Hauptmann suchte in seiner Hosentasche nach etwas Essbarem, mit dem er das Wiesel anlocken konnte. Er fand nur sein Taschentuch, noch immer vom Wein rot gefärbt. »Hier!«, versuchte es der Hauptmann nun in einem sanften Tonfall. Wieder begab er sich in die Hocke, wedelte mit dem Tuch dicht am Boden und schaute sich nach dem Tier um.

Es dauerte nicht lange und es kam hinter einem Regal hervor gekrochen. Vorsichtig und die Nase in die Luft reckend, kam es zögerlich immer näher heran.

»Ja, was hat der Onkel Waster denn hier Feines für dich!«

Kaum hatte sich das Wiesel auf eine halbe Armeslänge an den Fremdling herangetraut, stürzte der Hauptmann sich auf das Tier und konnte ihm gerade noch die Kette vom Hals zerren, bevor es ihm in den Finger biss. »Aua! Du verdammtes Mistvieh!«, polterte Waster und hätte dem flüchtenden Wiesel gerne einen kräftigen Fußtritt verpasst, doch diese Genugtuung war ihm nicht vergönnt. Fluchend griff er nach der Porzellantasse des toten Magiers und hielt den pochenden Finger in den kalten Tee. Erst als der Schmerz nachgelassen hatte, wurde Waster schlagartig bewusst, worin er gerade seinen Finger gehalten hatte. Mit einem fahlen Gefühl im Magen stieg in den Empfangsraum hinab, setzte sich dort auf einen Stuhl und wandte sich dem leidvoll ergatterten Anhänger zu. Es war ein kleiner, zierlicher Anhänger und Waster musste seine Hand nah an den Schein einer Kerze halten, um ihn besser begutachten zu können. Nein, er hatte sich nicht getäuscht: es war ein Schlüssel. In einer ausgesprochen fachmännischen Silberschmiedearbeit formte er einen geflügelten Drachen nach. Etwas Vergleichbares hatte Waster in seinem Leben nicht gesehen und wäre das nicht schon merkwürdig genug gewesen, war der Drache auch noch in einer altertümlichen, fremdländischen Art dargestellt.

Waster war sofort bewusst, dass es etwas Besonderes mit diesem Schlüssel auf sich haben musste, und er fing an, nach dem passenden Gegenstück zu suchen – einem verschlossenen Buch, einer Kiste, einer Schublade ... Waster durchforstete den ganzen Turm, probierte alle möglichen Schlösser durch und stieß dabei nicht selten auf unappetitliche Präparate, deren Zweck er sich beim Besten Willen nicht vorstellen wollte. Erst als es schließlich dämmerte, gab er auf und verließ resigniert den Turm. Hoffentlich gab es nach diesem sonderbaren Arbeitstag im Gasthaus noch etwas zu essen.

Dornella hetzte mit ihrem vollen Tablett an einem Dutzend grimmiger Zwerge vorbei, die nun schon seit Stunden ihren Stammplatz an der Theke erfolgreich verteidigten. Sie hatte gerade keine Zeit ihnen ihre Bierkrüge aufzufüllen, denn die nahe Stadtwache hatte ihren abendlichen Schichtwechsel und der Schankraum des »Nußbaum« war dementsprechend von Stadtwächtern gut besucht. Unermüdlich nahm sie Bestellungen auf und gab sie an die Küche weiter, wo Frau Zapp und Aazarus nicht minder beschäftigt die Speisen zubereiteten. Schmerzlich musste der Halbling mit ansehen, wie das köstlich duftende Essen stapelweise den Raum verließ, ohne eine Möglichkeit zu haben, davon zu probieren.

»So voll ist es lange nicht gewesen«, stöhnte Dornella, während sie sich auf einen Schemel niederließ, der

unter ihrem gewaltigen Gewicht bedrohlich knarrte.
»Ich denke, es wäre ratsam vorsichtshalber einen zweiten Kessel mit Suppe aufzusetzen, Frau Zapp. Und es könnte auch nicht schaden, ein weiteres Fass Bier zu holen. Heute sind wirklich viele Zwerge unter den Gästen und, die Götter mögen uns davor bewahren, die sitzen bald auf dem Trockenen.«
Dabei schielte sie zu Aazarus hinüber, der sofort wusste, was das bedeutete. Also machte er sich auf dem Weg, schleppte eines der Bierfässer die Kellertreppe hinauf und rollte es schließlich zur Theke, an der in der Tat ein ganzer Haufen Zwerge saß. Als einer von ihnen plötzlich den Halbling erblickte, stieß dieser seinen Nachbarn in die Seite und flüsterte ihm etwas ins Ort. Während Aazarus die Fässer austauschte, erhaschte er einige Wortfetzen der stillen Post, die von Zwerg zu Zwerg weitergereicht wurde. Soweit er es verstand hatte, wurden unter ihnen die Geschehnisse der Gasthausschlägerei ausgetauscht und dem Halbling, der sich nun daran wieder lebhaft erinnerte, stieg aus Scham die Röte ins Gesicht. Die Zwerge, die das bemerkten, grinsten breit und zeigten dabei eine erwartungsvolle Miene. Aazarus, dem das ganze gar nicht behagte, zog sich schnell in die Küche zurück, in der eine sichtlich erschöpfte Dornella gerade auf Frau Zapp einredete.

»Sie müssen endlich eine zusätzliche Arbeitskraft einstellen! Alleine schaffe ich das Ganze bald nicht mehr.«

Die Wirtin warf eine Handvoll Karotten in den großen Kessel, die mit einem lauten Plumps in der Brühe verschwanden.

»Du weißt doch, dass sich bisher niemand wegen der Stelle gemeldet hat.«

»Vielleicht liegt es an den – nun wie soll ich mich ausdrücken – an Ihren etwas geringen Lohnvorstellungen«, spekulierte Dornella vorsichtig. »Auch das Schild mit der Stellenanzeige ist ein wenig klein geraten, man kann ihn leicht übersehen.«

»Ach ja?«

Dornella griff sich verdrossen eine volle Tablettladung des aktuellen Abendangebots und entschwand in den Schankraum.

»Sie suchen noch eine Arbeitskraft?«, fragte der Halbling freudig überrascht. »Nun, würden Sie es vielleicht in Erwägung ziehen, mich in Ihre Dienste zu stellen?«

Frau Zapp unterbrach das Rühren der Suppe und schaute zu ihm hinüber. »Dich? Also ich weiß nicht recht ...«

»Warum denn nicht? Ich war doch sehr fleißig und habe mich auch sonst recht gut angestellt, will ich meinen.«

»Ja, schon, aber dennoch. Also ich ...«

»Bitte«, unterbrach er die Wirtin, »wenigstens ... zur Probe. Mein Geld wurde mir doch gestohlen und ich weiß ich auch nicht, wo ich heute noch unterkommen soll?«

»Na schön. Versuchen wir es.« Sie schenkte dem Halbling ein faltiges Lächeln. »Und einen Platz zum Schlafen werden wir für dich auch noch finden. Ich glaube die kleine Kammer im ersten Stock ist nach frei.«

»Wirklich? Danke, danke vielmals, Frau Zapp. Das werde ich Ihnen nie vergessen«, antwortete er und schüttelte überschwänglich ihre Hand.

»Schon gut«, lachte die Wirtin, » lass dir von Dornella den Schlüssel geben und dann helfe ihr aber gleich im Speiseraum aus.«

Den ganzen weiteren Abend servierte Aazarus also nun, wenn auch mit dem Tablett noch etwas ungeschickt, das Essen. Es war für ihn nicht ganz leicht, sich an den vielen Gästen vorbei zu drängeln, da die meisten von ihnen mindestens zwei Köpfe größer waren als er selbst. Eine Verschnaufpause blieb ihm und Dornella nicht, denn das Gasthaus blieb weiterhin gut besucht. Die Wachen gingen, Händler, Bauern und Bürger kamen und die Zwerge blieben. Noch hatten sie die Hoffnung nicht aufgegeben, dass es im »Nußbaum« wieder zu einer Auseinandersetzung kommen könnte. Mit der Zeit fand Aazarus immer mehr Gefallen an seiner neuen Aufgabe, denn, während er bediente, gab es viele interessante Leute zu entdecken. Obwohl ihn insbesondere die fremdländischen Händler mit ihren eigentümlichen Sprachen und ihrer exotischen Kleidung faszinierten, erweckte aber ein ganz anderer, ein eher durchschnittlich Mann, seine Aufmerksamkeit. Nicht durch sein Aussehen, nicht durch das, was er tat, sondern eher, was er nicht tat, war er Aazarus ins Auge gefallen.

Während im Wirtshaus eine fröhlich ausgelassene Stimmung herrschte, durchdrungen von einer Geräuschkulisse aus Gesprächsfetzen und einem allgemeinen Klappern und Klirren von Geschirr und Besteck, saß jener Gast schweigend und unbeweglich wie eine Statur an seinem Platz. Mürrisch stocherte er lustlos auf seinem Teller herum, als könne er sich nicht mehr daran erinnern, wie man mit Messer und Gabel umging. Und tatsächlich hatte der Mann die Forelle, die ihm Aazarus schon vor längerer Zeit serviert hatte, bisher kaum angerührt. Außer einem kleinen silbernen Schlüssel, den er in seiner Hand hielt und fortwährend eindringlich beäugte, schenkte er nur seinem linken Zeigefinger Beachtung, welchen er mit besorgter Miene immer wieder von allen Seiten musterte. Der Mann war derart abgelenkt, dass er noch nicht einmal den Halbling bemerkte, als dieser direkt vor ihm stand.

»Schmeckt Ihnen der Fisch nicht, mein Herr?«, erkundigte sich Aazarus höflich.

»Äh? Wie? Was?« Benebelt schaute sich der Gast nach der Quelle der Worte um. Misstrauisch kniff er die Augen zusammen und als er niemanden vor sich entdecken konnte, betrachtete er mit einem bleichen Schrecken im Gesicht wieder seinen Zeigefinger.

Aazarus räuspert sich verlegen, bevor er ein »hier unten« hinzufügte und dem Gast vorsichtig am Ärmel zupfte, worauf dieser zusammenfuhr. Der Mann richtete seinen Blick gen Boden und erspähte schließlich mit einem Seufzer, der zugleich Verwunderung und Erleichterung in einem ausdrückte, den Halbling. »Oh, entschuldigen Sie bitte, wenn ich Sie erschreckt habe sollte, mein Herr! Ich wollte mich nur erkundigen, ob alles mit Ihrem Essen in Ordnung ist?«

»Oh, ja, danke ... ja es schmeckt köstlich!«, erwiderte der Gast, legte den Schlüssel zur Seite und schaufelte demonstrativ eine Gabel voll Kartoffeln in den Mund. »Sag mal« meinte er und wies auf Aazarus' Tablett, »Du kellnerst hier? Dein Gesicht habe ich noch nie gesehen.«

»Das kann gut sein, dass Sie mich hier noch nie gesehen haben. Ich bin nämlich erst heute hier im ›Nußbaum‹ eingestellt worden.«

Als der Gast Aazarus' neugierigen Blick bemerkte, der auf den Schlüssel geheftet war, ließ er ihn beiläufig in seine Brusttasche gleiten. »Was ist das bloß für ein Tag heute? Die geizige Frau Zapp scheint langsam alt zu werden«, flüsterte der Mann zu sich selbst und schüttelte verständnislos den Kopf. »Wenn du schon da bist«, wandte er sich an den Halbling »dann kannst du mir ja auch gleich noch einen Wein bringen.«

Auf dem Weg zur Küche nahm Aazarus Dornella kurz beiseite und erkundigte sich neugierig bei ihr über den seltsamen Gast. Und in der Tat, sie kannte den Mann. Er hieß Waster Wühlig und war Hauptmann der gegenüberliegenden Stadtwache. Und als wenn dies für Aazarus nicht schon überraschend genug gewesen wäre, staunte er nicht minder zu hören, dass der Hauptmann im *Nußbaum* das Zimmer Nummer 5 zur Miete bewohnte.

»Was? Direkt gegenüber meiner Kammer?«, entfuhr es dem Halbling.

»Ja, genau«, grinste Dornella über Aazarus Erstaunen. »Aber nun weiter, wir haben beide noch viel zu tun. Und wenn du mich fragst, wird das heute noch ein langer, anstrengender Abend.«

Leider sollte Dornella mit ihrer Vermutung Recht behalten. Sehr spät verließen schließlich die letzten Gäste das Gasthaus und als Aazarus völlig erschöpft auf sein Zimmer gehen wollte, drückte ihm Dornella mit einem schadenfrohen Grinsen einen Besen in die Hand. Erst als der Speiseraum ausgekehrt und das Geschirr und die Küche gesäubert worden waren, konnte er sich müde und erschöpft ins Bett legen.

4. Eine entdeckungsreiche Nacht

Das Zirkuszelt war bis zum letzten Platz gefüllt. Der Höhepunkt der Vorstellung bahnte sich an und die Orchestermusik war einem Trommelwirbel gewichen. Das Publikum reckte die Hälse gebannt zu dem Seil empor, das zwischen den zwei hoch aufragenden Holzmasten gespannt war. Aazarus stand der Schweiß auf der Stirn. Er hatte den Drahtseilakt bisher immer gemeistert und doch ereilte ihn bei dem Trommelwirbel jedes Mal das Lampenfieber. Er durfte bloß nicht nach unten blicken, wo das Publikum sensationslüstern zu ihm hochstarrte.

Der Trommelwirbel wurde lauter. Aazarus konzentrierte sich, richtete die Balancierstange aus und setzte vorsichtig einen Fuß vor den anderen. Auf der gegenüberliegenden Plattform tat es ihm sein Kamerad gleich. Die beiden Männer kamen sich Stück für Stück näher, bis sie sich letztendlich in der Mitte des Seiles trafen. Applaus brandete auf und verklang abrupt als ein erneuter Trommelwirbel einsetzte. Die Zuschauer hielten abermals den Atem an, denn nun folgte der heikelste Akt der Akrobatennummer. Dabei sollte Aazarus zunächst auf das angewinkelte Knie seines Partners klettern, dann weiter auf dessen Schultern, um schließlich wieder das Seil zu betreten.

Beide Akrobaten machten sich bereit und schauten sich konzentriert in das Gesicht. In den Rängen hätte man eine Stecknadel fallen hören können. In dem Moment, wo Aazarus seinen Fuß auf den Oberschenkel seines Partners setzte, spürte er, dass etwas nicht stimmte. Es trafen sich zwei angsterfüllte Blicke. Sie hatten diesen Augenblick hunderte Male geprobt. Nie war es geschehen und doch hatten sie insgeheim immer gewusst, dass es geschehen konnte. Aazarus tat den Rückschritt, den sie stets vorgesehen hatten für einen solchen Fall. Aus dem Publikum drang ein Entsetzen zu ihnen hinauf, als er strauchelte, kippte, die Stange fallen ließ und sich schließlich mit dem Arm ins Seil einhaken konnte. Durch das Seil ging eine Welle, als es in diesem Augenblick von fünf Zentnern entlastet wurde.

Aazarus erwachte mit pochendem Herzen. Vor seinem inneren Auge sah er seinen schreienden Kameraden tödlich zu Boden stürzen. Es dauert eine Weile, bis Aazarus realisierte, dass er sich in seinem Zimmer im Gasthaus »Zum Nußbaum« in Moorin befand. Dieser Albtraum verfolgte ihn seit dem schrecklichen Unglück vor einigen Jahren und hatte ihn schon den Schlaf vieler Nächte geraubt. Auf wackeligen Beinen verließ er sein Bett und stieg die Treppe zum Schankraum hinab, um sich einen Humpen Wasser zu besorgen. Der Halbling setzte sich an die Theke und trank ein paar Schluck von dem kühlen Nass. Nachdem er einige Male tief durchgeatmet hatte und wieder einen klaren Gedanken fassen konnte, beschloss er sich zur Ruhe zu legen.
Als er gerade die Treppe erreicht hatte, bemerkte er an dessen oberen Ende eine Person, die sich aus dem Schatten des Flures löste. Geistesgegenwärtig kauerte sich Aazarus hinter einen Tisch. Im Schankraum war es zu dunkel, als das man die Gestalt hätte genauer

ausmachen können. Erst als sie die Ausgangstür öffnete und in den kleinen Vorgarten trat, zeichneten sich im fahlen Schein des Vollmondes die Umrisse von Waster Wühlig, dem Hauptmann des Stadtwache, ab.

›Wo will der denn Mitten in der Nacht hin?‹, fragte sich der Halbling neugierig. Unter Aazarus knarrte eine Diele, als er sein Gewicht verlagerte. Sofort zog er seinen Kopf hinter den Tisch zurück. Endlose Sekunden verrannten, bis er schließlich erleichtert das Geräusch der einrastenden Tür vernahm. Sofort schlich er zum Fenster und beobachtete den Hauptmann, wie dieser vollgerüstet die Gasse hinunterschritt.

Dem Halbling packte plötzlich ein elektrisierendes Gefühl, welches sich wie ein hitziges Fieber über seinem ganzen Körper ausbreitete. Er verspürte die Lust nach Abenteuer und Gefahr. Er wollte, nein er musste einfach wissen, wohin der Hauptmann ging. Was hatte wohl er vor? Wer weiß, vielleicht traf er sich mit jemanden – mit einer zwielichtigen Kontaktperson, die ihm Informationen geben konnte, um einen rätselhaften Fall zu lösen?

Der Drang in Aazarus Waster zu folgen und all die Fragen, die in seinem Kopf wie ein unruhiger Schwarm Bienen umherschwirrten, wuchs mit jedem Augenblick. Also nahm er seinen ganzen Mut zusammen und trat hinaus in die Nacht.

Anfangs fiel es dem Halbling nicht besonders schwer, dem Hauptmann unauffällig auf den Fersen zu bleiben. Es benötigte in der Tat wenig Geschick, in den vielen verwinkelten Gassen der Altstadt von Moorin geeignete Schlupfwinkel zu finden, die wie Perlen an einer Kette aufgereiht fortwährend Deckung boten.

Jene erquickliche Erfahrung beflügelte Aazarus in seinem Bestreben, das Geheimnis um Wasters nächtlicher Wanderung auf die Schliche zu kommen. Selbst der Umstand, dass er nur in seinen Schlafsachen gekleidet durch die Stadt schlich, war dem Halbling ob der freudigen Aufregung entfallen.

Der Hauptmann überquerte nun die Bebra, womit er die Altstadt verließ und das Kaufmannsviertel von Moorin betrat. Hier gab es keine engen Gassen, sondern breite, gradlinige Straßen, die Aazarus nun auf die Probe stellten. Häuserecken oder tiefe Hauseingänge, so stellte der Halbling schnell fest, waren in dieser Umgebung sehr hilfreich, um unentdeckt zu bleiben. So schritt Wühlig ahnungslos, dass er verfolgt wurde, weiter durch die Nacht. Nur einmal blieb er plötzlich stehen, entzündete eine Pfeife und blickte kurz über die Schulter, um schließlich seinen Weg fortzusetzen. Aazarus kam sogleich hinter einer Tonne hervor und dann – ja, dann geschah ihm das Missgeschick: Er übersah einen Kiesel und kickte diesen geräuschvoll gegen die Häuserwand.

Rasch zog sich Aazarus im Schatten eines Torbogens zurück, der sich als einziger Zufluchtsort in der nahen Umgebung auftat. Es war riskant, aber es blieb nur jene Chance, sonst hätte der Hauptmann ihn auf Anhieb entdeckt. Für einen Moment war es totenstill und Aazarus atmete bereits auf, als Wasters Schritte an den steinernen Gebäuden widerhallten und allmählich näher kamen. Sein Herz schlug nun wieder schneller und pulsierte so laut, dass er Sorge hatte, der Hauptmann könne es hören. Nun war Wühlig nur noch ein paar Fuß von ihm entfernt und der Halbling überlegte bereits verzweifelt, wie er sich herausreden sollte. Da fiel ihm zum Glück etwas ein: Er konzentrierte sich, hielt die Hände wie ein Trichter an den Mund und ahmte – so gut wie er es nur konnte – das Miauen einer Katze nach. Aazarus zitterte und in der kühlen, klaren Luft kondensierte sein Atemhauch in einer kleinen Wolke. Er befürchtete schon, jeden Moment von Waster entdeckt zu werden, als die nahenden Schrittgeräusche jäh verstummten und sich kurz darauf wieder entfernten.

Aazarus ließ noch einige Sekunden verstreichen, bevor er es riskierte, die Verfolgung fortzusetzen. Der Hauptmann überquerte einen weiten Platz und ging auf einen großen Turm zu. Er trat an dessen Pforte, warf noch einmal einen Blick zurück und verschwand im Inneren des Gemäuers. Aazarus, der unter einem abgestellten Karren die Szene beobachtete, spähte am mächtigen Gebäude empor. Wie ein schlummernder steinerner Wächter ragte er in den Sternenhimmel.

Ein beklemmendes Gefühl machte sich in dem Halbling breit. ›Warum bin ich bloß so verdammt neugierig?‹, tadelte er sich, ›Ich werde jetzt einfach zum „Nußbaum" zurückkehren und mich wieder in mein warmes, sicheres Bett legen.‹ Und so wollte er gerade unter dem Wagen hervorkriechen, als plötzlich vier gewaltige Tatzen vor ihm auf das feuchte Pflaster traten. Aazarus hielt vor Schreck die Luft an. Er wusste zwar nicht, was für ein Tier da gerade durch die nächtliche Straße schlich, doch der Schatten, den der Mond an die gegenüberliegende Mauer warf, verriet ihm, dass es sich um eine monströse Kreatur handeln musste. Und wenn seine Augen ihm nicht gerade einen Streich spielten, dann besaß dieses Untier nicht einen, nein, gleich drei Köpfe.

Nichts und niemand hätte Aazarus dazu gebracht, in diesem Moment auch nur einen einzigen Wimpernschlag zu wagen. Zu Tode erstarrt verfolgte er, wie sich das Wesen knurrend wieder entfernte und im Dunst der Straße verschwand.

Er wartete eine halbe Ewigkeit, bevor er sich traute, den Kopf unter dem Karren hervor zu strecken. Dunkel und öd lag die Straße vor ihm. Konnte er es wagen, jetzt schnell zum Gasthaus zurückzukehren? Und wenn dieses grässliche Untier noch irgendwo in der Nähe lauerte? Nervös schaute er um sich und sein Blick fiel auf die nahe Tür, durch die der Hauptmann vorhin den Turm betreten hatte. Wenn ihm sein Bett auch wesentlich lieber gewesen wäre, in Anbetracht der lauernden Gefahr schien Aazarus das wehrhafte Gemäuer der nächste sichere Ort.

›Also los!‹ Ein letztes Zögern und schon stürmte er, so schnell ihn seine kleinen Beine trugen, über den Platz. Zehn Meter, fünf Meter, gleich hatte er das rettende Ziel erreicht. Er strecke seine Hände schon der Tür entgegen, als er sie halb verdutzt, halb verwundert zurückzog.

Was war das? Nein, er irrte sich nicht. Auf der eisernen Klinke hatte es sich ein kleiner Kauz gemütlich gemacht, der ihn mit großen, leuchtenden Augen intensiv musterte.

»Schscht, verschwinde, bitte. Ich muss, da rein.«

Aber die kleine Eule zeigte sich von Aazarus' Gefuchtel völlig unbeeindruckt und rührte sich nicht vom Fleck. Wie ein kleiner, gefiederter Wächter saß sie da und war offensichtlich entschlossen, ihren Ruheplatz gegenüber der seltsamen Gestalt zu behaupten, die ihr in Pantoffeln, Nachthemd und Schlafmütze gegenüberstand.

»Nun gut, du willst es ja nicht anders!«

Der Halbling packte unversehens die Klinke und ließ sie hinuntersausen. Der Kauz flatterte erbost auf. Aazarus wehrte die schnappenden Klauen und schlagenden Flügel mit seinen Unterarm ab und flüchtete durch den Türspalt ins Gebäude. ›Was für eine verrückte Begegnung‹, fand er, ›den Göttern sei Dank, dass ich hier in Sicherheit bin.‹ Und dann, nachdem er etwas verschnauft hatte, dachte er: ›Eine mehrköpfige Bestie, eine seltsame Eule – das muss ein Traum sein und gleich wache ich auf und liege in meinem Bett im *Nußbaum*‹. Der Halbling schloss die Augen. Als er sie wieder öffnete und trotz aller Hoffnung noch immer an der gleichen Stelle stand, fügte er sich seinem Schicksal und ging weiter in den großen Raum hinein. Zwei blaue Leuchtkugel, die an der Decke schwebten, warfen unheimliche Schatten der seltsamen Einrichtung auf den Boden. Ein Regal, an dem er vorbei kam, war mit skurril geformten Gläsern vollgestellt. In manchen von ihnen trieben Tierkörper in einer zähen Flüssigkeit. Fasziniert nahm Aazarus, der noch nie eine Präparatesammlung gesehen hatte, ein Glas in die Hand und drehte den Zylinder hin und her. Fast hätte er ihn aber erschreckt fallen gelassen, als es über ihm polterte. Instinktiv ging er hinter einer großen Porzellanvase in Deckung. Es polterte erneut und allem Anschein nach kamen die Geräusche vom oberen Stockwerk.

›Aber klar. Das kann ja nur der Hauptmann sein‹, schoss es ihm durch den Kopf. Nach der unheimlichen Begegnung mit der dreiköpfigen Bestie und dem wunderlichen Kauz erleichterte es ihn, den gerüsteten Hauptmann in seiner Nähe zu wissen. Am liebsten wäre Aazarus geradewegs zu ihm nach oben geeilt, doch wie sollte er ihm bloß glaubhaft erklären, was er mitten in der Nacht hier im Magierturm zu suchen hatte? Bestimmt wäre der Hauptmann empört oder gar erzürnt zu erfahren, dass Aazarus ihm aus Neugier hinterhergeschlichen war. Und mit der Schilderung dieser schrecklichen Kreatur, die ihn letztlich zur Flucht in den Turm verleitet hatte, würde er sich doch komplett unglaubwürdig machen. Nein, es wäre wohl besser, Waster Wühlig weiterhin heimlich zu folgen.

Im ersten Stock angekommen, schob Aazarus sich um eine Mauerecke und spähte in einen Saal, der von einem riesigen Himmelbett und einem nicht minder großen Wandschrank eingenommen wurde.

Doch wo mochte der Hauptmann stecken? Aazarus schlich sich in das Zimmer hinein und von seiner neuen Position aus konnte er sehen, wie Waster gerade die Treppe zur nächsten Etage hinaufstieg. Aazarus duckte sich hinter das Bett und wartete hier, bis er es wagen konnte, ihm nachzugehen. Die Stufen der Treppe endeten vor einer Eichentür. Der Halbling lauschte daran, doch kein Laut drang hindurch. Zaghaft drückte er die Klinke hinunter. Durch den Türspalt fiel ihm der flackernde Schein einer Fackel entgegen. Den Hauptmann konnte er von hier aus nicht sehen, aber er hörte ihn mit Papier rascheln und gelegentlich fluchen, wie man es nur tut, wenn man sich alleine wähnt.

›Was um alles in der Welt treibt der hier nur?‹, fragte sich Aazarus und schob neugierig die Tür ein Stückchen weiter auf. Aber das bereute er in der gleichen Sekunde. Das Quietschen der Angeln war unüberhörbar.

Das Rascheln setzte aus und Aazarus konnte den Hauptmann gerade noch »He, wer ist da!?« rufen hören, bevor er die Treppe in das Schlafzimmer hinunterwetzte. Unten angekommen wäre er beinahe mit einer dunklen Person zusammengestoßen, die mitten im Raum stand und nun ihrerseits die Flucht in Richtung Parterre ergriff.

Aazarus blieb keine Zeit über den seltsamen Vorfall nachzudenken und stürzte zu dem großen Schrank hinüber. Er zwängte sich zwischen die schweren Mäntel und Roben und konnte gerade noch die Schranktür hinter sich zuziehen, als Wasters Schritte auf den Stufen erklangen. Durch das Schlüsselloch verfolgte er, wie der Hauptmann mit gezogenem Schwert in der einen und der Fackel in der anderen Hand das Zimmer durchsuchte.

›Ich sitze hier in der Falle‹, musste Aazarus denken. Was sollte er tun, falls der Hauptmann auch zum Schrank hinüberkam? Ihm entgegenspringen und auf die Schrecksekunde hoffen, um zum Ausgang zu stürmen? Oder einfach alles zugeben?

Was dann geschehen war, passierte so plötzlich, dass Aazarus gar nicht hatte reagieren können. Zunächst waren zwei kleine funkelnde Augen aufgetaucht. Dann, eine Sekunde später, hatte ihm etwas einen Satz versetzt, sodass er nach hinten gekippt und ins Leere gefallen war.

Aazarus zog sich die Schlafmütze aus dem Gesicht und musste sich erst einmal sortieren. Im dämmrigen Licht ertastete er vor sich Holzbretter, bei denen es sich wohl um die Rückwand des Kleiderschranks handelte. Durch einen seltsamen Zufall hatte er einen Geheimgang entdeckt! Das matte Licht kam von einem seltsam schimmernden Kiesel, der auf dem Boden lag. Aazarus hatte aus Erzählungen schon von Leuchtsteinen gehört, aber sie waren so wertvoll und selten, dass in seiner Heimat noch niemand je einen in der Hand gehabt hatte. Aazarus bückte sich, um ihn aufzuheben und da blicke er wieder in diese leuchtenden Augen! Ein kleiner länglicher Körper löste sich aus einer schattigen Ecke und lief auf kurzen Beinen zu ihm hinüber. ›Eine Katze‹, vermutete er im ersten Moment. Im Kegel des Leuchtsteines entpuppte sich das Tier jedoch als Wiesel. Kurz vor Aazarus' Filzpantoffeln blieb es stehen und musterte ihn. So eindringlich hatte ihn zuletzt der kleine Kauz auf der Türklinke angesehen. Etwas Ungewöhnliches lag in seinem im Blick, was vielleicht auch an dem markanten weißen Fellring liegen mochte, der sein rechtes Auge umgab.

»Du hast mir aber einen schönen Schreck eingejagt«, flüsterte Aazarus, »was hast du denn in dem Kleiderschrank verloren?«

Kaum hat er den Satz beendet, da wurde jenseits der Holzwand der Schrank aufgerissen und Fackelschein drang durch die Ritzen der Geheimtür. Wie ein flüchtendes Karnickel schlüpfte das Wiesel an Aazarus vorbei in die Düsternis des Geheimgangs. Es brauchte keine weitere Aufforderung, um Aazarus in Bewegung zu setzen. Nach wenigen Schritten führte eine Wendeltreppe in die Tiefe. ›Womöglich führt die zu einem geheimen Ausgang und ich kann mich in der Morgendämmerung nach Hause stehlen‹, hoffte Aazarus, las den kostbaren Stein vom Boden auf und stieg in die ungewisse Tiefe hinab.

Die Treppe wand sich wie das Gehäuse einer Turmschnecke. Es ging immer weiter, immer weiter in die Tiefe. Es wurde zunehmend kühler und die Stufen waren derart feucht und rutschig, dass er zwei, drei Mal beinahe auf seinen Pantoffeln hinuntergestürzt wäre. Windung folgte auf Windung und als der Halbling endlich an ihrem letzten Absatz anlangte, stand er schwindelig taumelnd vor einer massiven Tür. »Die soll ich öffnen, ja?«, fragte Aazarus das Wiesel, das hier schon auf ihn gewartet hatte und ungeduldig auf und ab lief. Er drehte den eisigen Knauf und trat hindurch.

Aazarus rieb sich die Augen. Wo war er nun wieder gelandet? Er stand in einem großen, spärlich möblierten Zimmer, das geheimnisvoll fluoreszierte. Leuchtende Kreise und Dreiecke bedeckten den Steinboden und bildeten ineinander verschlungene Muster. An den Wänden gingen die geometrischen Formen in bizarr geschwungene Schriftzeichen über, die auch das Tonnengewölbe bedeckten. Aazarus hatte das Gefühl, die Zeit wäre plötzlich aufgehoben. Alles hier machte einen so fantastischen Eindruck. Doch schon bald war sein Rausch verflogen, als er bemerkte, dass er sich offenbar in einer Sackgasse befand. ›Na wunderbar‹, dachte Aazarus. ›Dann wird es nicht lange dauern, bis der Hauptmann mich hier entdeckt‹. Niedergeschlagen ließ er sich in einen Stuhl sacken, der vor einem klobigen Schreibtisch stand.

»Wäre ich doch bloß im Gasthaus geblieben!«, klagte er. »Jetzt sitze ich mitten in der Nacht in diesem seltsamen ... seltsamen ... ja kannst du mir sagen, wo ich hier gelandet bin?« Die Frage war an das Wiesel gerichtet, das sich auf einer voluminösen Truhe zusammengerollt hatte und ihn angähnte.

»Na, eine große Hilfe bist du mir nicht gerade«, seufzte er. Aber da er hier ohnehin festsaß, konnte er sich auch getrost einmal umsehen. Zunächst durchstöberte er die Schreibtischschubladen, die nur einen Haufen von Pergamenten und Schreibwerkzeug zu Tage förderten. Als nächstes ging er zur Truhe hinüber, auf der das Wiesel lag.

Sie war vollständig mit Metall beschlagen, ungewöhnlich geformt und so groß, dass Aazarus locker viermal darin Platz gefunden hätte. »Wer baut wohl solche Truhen?«, fragte sich Aazarus müde. »Und zu welchem Zweck?« Er inspizierte den Metallbeschlag, der mit seltsamen Zeichen bedeckt war. Auf keiner Seite konnte er einen Schließmechanismus erkennen und doch ließ sich der Deckel selbst unter Anstrengung nicht anheben. »Schade«, seufzte er nach einer Weile vergeblicher Mühe. Gelangweilt blätterte er in einem schweren Buch, das aufgeschlagen auf einem alten Pult lag. Unverständliche Glyphen und Formeln füllten sämtliche Seiten. An einer Stelle hatte jemand ein Notizheft wie ein Lesezeichen zwischen die Pergamentseiten gelegt. Aazarus öffnete es und hatte diesmal mehr Glück, denn die Einträge konnte er teilweise entziffern. Immer wieder fielen die Worte »Zauberstab«, »Wolkendrache« und »Truhe«. Auf einer Seite hatte jemand etwas skizziert. Einen Drachen ... oder eher ein ...?! Es war zwar wirklich recht stümperhaft dahingeschliert, aber eindeutig war es der Schlüssel, den der Hauptmann im Gasthaus so eindringlich gemustert hatte.

›Was hatte das zu bedeuten?‹ Aazarus war sich sicher auf etwas Wichtiges gestoßen zu sein, ohne zu wissen, worum es sich jedoch handelte. Der Halbling gähnte herzhaft. Während er noch versuchte, gegen seine schweren Augenlider anzukämpfen und die strahlenden Runen an der Decke zu studieren, dämmerte er in einen traumreichen Schlaf hinüber.

Ein knurrender Magen riss den Halbling jäh aus einem kulinarischen Traum, hinein in die Wirklichkeit, die noch immer aus einem grün schimmernden Keller bestand.

»Was meinst du?«, richtete Aazarus seine Worte an das Wiesel, das zaghaft an dem Wachs einer erloschen Kerze knabberte. »Ob wir uns aus unserem Versteck wagen können?« Das Tier fiepste. »Ja? Also gut!«

Er nahm den kleinen Lichtstein zur Hand, folgte dem Wiesel die Wendeltreppe nach oben und betrat unbehelligt das Schlafzimmer. Alles schien ruhig und verlassen. Erleichtert aber dennoch vorsichtig stieg Aazarus in den Empfangsraum hinab. »Auf Wiedersehen!«, flüsterte er dem Wiesel noch nach, bevor er schließlich den Turm verließ.

Als der Halbling aus dem Gebäude trat, musste er geblendet die Hand vor die Augen halten. Die Morgensonne hatte sich gerade erst über den Dächern empor gearbeitet und strahlte ihm freundlich entgegen. Vom Markt wehte der Duft von frisch gebackenem Brot hinüber und Aazarus Magen erinnerte ihn daran, dass er seit einer halben Ewigkeit nichts mehr gegessen hatte. Gedankenverloren steckte er den Leuchtstein in die Hemdtasche und schleppte seine weichen Knie zu einem der Marktstände hinüber.

»Ich hätte etwas von dem Falgabrot, bitte!« Der herrliche Anblick der knusprigen Kruste ließ Aazarus das Wasser im Munde zusammenfließen. Fragende Blicke der Marktfrau waren die einzige Antwort, die er erhielt. »Was schauen Sie denn so?!«, platzte es aus ihm heraus. »Noch nie einen hungrigen Kunden gesehen?«

»Hungrige Kunden schon, aber noch keine in solcher Aufmachung.«

Der Halbling schaute an sich hinab auf die grauen Filzpantoffeln.

›Potzblitz‹, dachte er, ›ich haben ja noch immer meine Nachtsachen an!‹

Rot vor Scham rannte Aazarus an den Marktbuden vorbei und blieb erst an der nächsten Kreuzung stehen – ratlos, welche Richtung er einschlagen sollte, um »Zum Nußbaum« zurückzufinden. Er wusste es nicht. Das steinerne Häuserlabyrinth von Moorin hatte ihn verschluckt. Verzweifelt blickte er in die Gasse, die vor ihm lag, in der Hoffnung etwas wiederzuerkennen. Erschrocken zuckte Aazarus zusammen, als ihn eine kräftige Hand von hinten an der Schulter packte. Er wurde grob herumzerrt und starrte in das triumphierende Grinsen von ...

»Das glaube ich nicht! Sie?«

»Ha, habe ich dich also doch noch erwischt!« Mit diesen Worten zog der Hauptmann ein Seil unter seiner Rüstung hervor und fesselte dem verdutzten Halbling die Hände.

»He, was soll das? Wie kommen Sie dazu? Was habe ich denn getan?«
»Das, mein Junge, wird du mir bestimmt in Kürze alles erzählen. Jetzt kommst du erst einmal mit mir auf die Stadtwache.«

»Lassen Sie mich sofort frei! Ich habe doch nichts Ungesetzliches getan!«, protestierte Aazarus.

»Ach nein? Zumindest Einbruch kann ich dir schon mal nachweisen.«

»Wie? Einbruch? Nein, das stimmt so nicht!«

»Du brauchst es gar nicht abzustreiten, Junge, dass du heute Nacht da drin warst.« Der Hauptmann richtete seinen Zeigefinger auf den Turm. »Du hast mir aufgelauert. Ich habe dich gehört.« Waster packte den Halbling am Kragen und hob ihn zu sich hoch. »Ich habe zwar dein Versteck nicht finden können, aber ich wusste, dass du irgendwann den Turm schon verlassen wirst und so habe ich auf dich gewartet. Und wie du siehst, bist du mir in die Falle gelaufen.«

Überrumpelt von den Worten des Hauptmanns, blieb Aazarus nichts anderes übrig, als sich von Waster abführen zu lassen. Mit gesenktem Haupt trottete er wie ein angeleinter Hund durch die Stadt. Die vorbeiziehenden Passanten schauten belustigt zu ihm hinüber und einige zeigten sogar mit Fingern nach ihm. Oh nein, wie erniedrigend das war. Der Halbling zog beschämt seine Schlafmütze tief ins Gesicht. Eine elendig lange Zeit liefen die beiden durch Moorin, bis sie schließlich das Gasthaus »Zum Nußbaum« erreichten. Drei grimmige Zwerge standen vor der Eingangstür und stritten lauthals. Die Auseinandersetzung endete jedoch in jenem Moment, in dem sie den Hauptmann und seinen Gefangenen entdeckten. Ein aufgeregtes Getuschel folgte, von dem Aazarus einige Wortfetzen erhaschen konnte:

»... das ist doch der kleine Kerl, der gestern der Schankfrau den Rock runtergezogen ...«

»... der hat es faustdick hinter den Ohren ...«

»... ach, von wegen! Bestimmt ist der nicht ganz richtig im Kopf ... läuft am helllichten Tage im Nachthemd herum ...«

Jeder Zwerg warf dem Halbling noch einen misstrauischen Blick zu, bevor sie im Gasthaus verschwanden. Als Aazarus in das Gebäude der Stadtwache gebracht wurde, bemerkte er drei bärtige Köpfe, die ihn durch die Fenster des »Nußbaum« beobachteten.

Die Stadtwache war ein zweistöckiger, robuster Steinbau, mit kleinen vergitterten Fenstern, dessen Trostlosigkeit auch das Innere dominierte. Die Räume präsentierten sich in jener strengen Kargheit, die nur Amtsräume ausstrahlen - einfache Tische und Stühle, eingerahmt durch aufgereihte Aktenstapel.

»Ich bringe einen Gefangenen. Er steht unter dringendem Verdacht, Erzmagier Ophit Almuthar ermordet zu haben«, verkündet der Hauptmann mit fester Stimme und scheuchte mit seinen Worten dabei die beiden Wachmänner auf, die sich sofort erhoben und ihrem Vorgesetzten salutierten. Aazarus stockte der Atem.

»Was? Was soll ich getan haben?!«, erwiderte er aufgebracht. »Ich habe doch niemanden umgebracht! Ich kenne diesen Magier nicht!« Vor Wut und Verzweiflung begann Aazarus zu beben.

»Bringt ihn in den Kerker. Ich werde ihn nach dem Mittagessen vernehmen.«

Der Hauptmann tippte den Halbling auf die Brust. »Und dann wirst du mir alles gestehen, verstanden?!«

Waster übergab seinen Gefangenen einem der Wachmänner und stolzierte aus dem Zimmer. Aazarus wurde hinunter, in den Zellentrakt geführt. Hier wurden ihm zunächst die Fesseln gelöst, bevor er schließlich unsanft in eines der finsteren Verliese gestoßen wurde.

»Besuch für dich«, sagte der Wachmann, bevor er die schwere Eisentür schloss und davonstapfte.

Aazarus Augen gewöhnten sich nur langsam an die Dunkelheit. Durch die Gitterstäbe eines winzigen Fensters fiel Licht in die kühle Zelle. Der Halbling fuhr zusammen, als er plötzlich eine tiefe Stimme erklang.

»Na schau mal einer an, was haben wir denn hier?«

5. Einladung eines Meuchelmörders

Waster Wühlig war bester Laune und genoss sein Mittagessen. So zufrieden mit der Welt und sich selbst war er seit Wochen nicht mehr gewesen. Die lästige Akte „Ophit Almuthar" hatte den Hauptmann über Jahre hin begleitet und ihm so manch unruhige Nacht beschert. Doch aufgrund des unverhofften Todes des Erzmagiers würde sie bald für ewig geschlossen. Es fehlte nun lediglich das Geständnis dieses kleinen Wichts! In der Tat würde der Fall bald gelöst und Wühlig winkte neben dem Lob von Zobel nicht nur eine stattliche Belohnung, sondern auch der wochenlange Neid seines Vorgesetzten. ›Wie herrlich‹, dachte Waster und biss herzhaft in das Bratenstück.

»Wie ich sehe, schmeckt es Ihnen, Herr Hauptmann.« Frau Zapp stand mit einem Mal am Tisch und holte Waster augenblicklich auf den Boden der Realität zurück.

»Ja, sehr sogar. Wie immer, liebe Frau Zapp.« Waster strahlte wie die Sommersonne.

»Ich will auf keine Weise aufdringlich erscheinen, aber heute sind Sie so überaus heiter gestimmt. Woher kommt das? Das letzte Mal habe ich Sie so lebenslustig erlebt, als das Gerücht die Runde machte, die Magieruniversität solle geschlossen werden.«

»Wie wahr, wie wahr, meine Liebe«, zwinkerte der Hauptmann neckisch, »mir ist heute ein großer Fisch ins Netz gegangen. Aber Sie wissen ja - selbstverständlich strengste Geheimsache«.

»Selbstverständlich.«

Frau Zapp wollte gerade wieder in die Küche gehen, als sie noch einmal an Wasters Tisch trat.

»Ähm, verzeihen Sie bitte, Herr Hauptmann, wenn ich Sie noch einmal störe. Stimmt es, dass der Erzmagier Almuthar gestern ermordet wurde. Wissen Sie zufällig etwas darüber?«

Waster blickte sich um und beobachtete die anderen Wirtshausgäste.

»Nun Frau Zapp, wenn Sie mir hoch und heilig versprechen, wie ein Toter zu schweigen ...«

»Aber sicher, mein Ehrenwort«, unterbrach ihn die Wirtin aufgeregt, die sich neben Waster auf eine Bank setzte.

»Also die Gerüchte stimmen. In der Tat, gestern früh wurde er tot in seinem Arbeitszimmer aufgefunden«, flüsterte der Hauptmann geheimnisvoll.

Die zwergischen Gäste, die an dem Nachbartisch an ihren Humpen nippten, spitzten die Ohren.

»Wirklich? Ach, der arme Mann!«, sagte die Wirtsfrau und schüttelte betroffen den Kopf. »Dabei soll er
doch so ein herzensguter und friedvoller Mensch gewesen sein.«

Waster verschluckte sich an seinem Essen und begann heftig zu husten. Er nahm einen kräftigen
Schluck Wein, räusperte sich und sagte schließlich
mit einem kaum erkennbaren Schmunzeln: »Nun
Frau Zapp, ich kannte ihn kaum, aber als ich ihn das
letzte Mal sah, da machte er auf mich einen sehr
friedvollen und sympathischen Eindruck. Wobei er
aber auch ein wenig angespannt wirkte.«

»Angespannt? Das klingt, als ob er Sorgen hatte oder
aber auch Angst. Ja, vielleicht hatte er Angst umgebracht zu werden? Gibt es denn schon einen Ver-
dächtigten?«, wollte die Wirtin wissen und fügte etwas beängstigend hinzu: »Hoffentlich kommt es
nicht noch zu einem zweiten Mord. Sie wissen schon
– das Gesetz der Serie.«

Wasters Augen funkelten wie zwei Edelsteine im
Licht einer Fackel. Er hielt die Hand der alten, aufgeregten Frau und tätschelte sie. »Also da brauchen Sie
keine Angst zu haben, Frau Zapp.« Der Hauptmann
lehnte sich auf seinem Stuhl zurück und strich sich
über den Hemdkragen. »Gerade erst heute früh habe
ich persönlich eine verdächtige Person in eine Falle
locken können und habe sie verhaftet. Ob er wirklich
der Täter ist, können wir noch nicht mit Sicherheit
sagen. Vielleicht ist er auch nur ein Komplize. Er ist

zwar sehr klein und noch jung, aber trauen kann man heutzutage ja niemanden mehr.«

»Wem sagen Sie das, Herr Wühlig, wem sagen Sie das. Früher wäre so etwas nicht passiert. Erst gestern zum Beispiel habe ich eine neue Aushilfskraft eingestellt, war auch so ein kleiner Halbling und heute Morgen war er spurlos verschwunden. Er hat zwar nichts gestohlen, ganz im Gegenteil, seine ganzen Sachen liegen noch in seiner Kammer. Aber er hat seine Schulden noch gar nicht abgearbeitet.«

Der Hauptmann viel fast vom Stuhl.

»Moment!«, sagte er mit einer nachdenklichen Miene und Frau Zapp konnte förmlich sehen, wie dem Hauptmann ein Geistesblitz durchzuckte. »Das gibt es ja wohl nicht!«

»Was haben Sie denn plötzlich, Herr Hauptmann?«

»Ja, aber natürlich. Ich hatte mich schon die ganze Zeit gefragt, wo ich dieses Milchbubigesicht schon einmal gesehen habe. Und nun weiß ich es! Dieser kleine Kerl, der hier gestern die Gäste bedient hat, ist der gleiche, den ich gefangen genommen habe.«

»Was, der Junge?«

Waster überlegte einige Zeit, bevor er sich wieder an die Wirtin wandte. »Wissen Sie wo dieser Jungen wohnt?«

Am Nachbartisch kam es unter den Zwergen zu aufgeregten Getuschel.

»Na hier im Gasthaus. In der Kammer, genau gegenüber Ihrem Zimmer, Herr Hauptmann.«

Waster erhob sich so ruckartig, dass sein Stuhl umfiel und drängte sich sogleich an der Wirtin vorbei. »Das wird ja immer schöner!«, rief er in den Speiseraum, während er schon die Treppe zu den Schlafräumen hinaufstürmte. Kurz darauf sahen die Gäste den Hauptmann mit einem Bündel Kleider in den Armen die Stufen schon wieder hinunterrennen. Ohne ein weiteres Wort zu verlieren, verschwand er durch die Ausgangstür.

Aazarus trat ein großer, schlanker Mann entgegen. Im Dämmerlicht war er in seiner pechschwarzen Kleidung kaum auszumachen. Nur sein blasses Gesicht zeichnete sich im Dunklen der Zelle ab und erst als der Lichtkegel des Fensters auf ihn fiel, erkannte der Halbling seine Züge nun genau. Zwei tiefbraune Augen blickten unter den kantigen Brauen hervor und halb verdeckt durch eine lange schwarze Haarsträhne lugte eine Narbe hervor, die sich über die rechte fahle Wange zog. Trotz seiner etwas ungepflegten Erscheinung, die, so vermutete der Halbling, wohl auf eine längere Kerkerhaft zurückzuführen war, wirkte er gleichwohl vornehm.

»Wer sind Sie?«, fragte Aazarus zögerlich.

»Man nennt mich *Sense*«, sagte der Mann und lächelte. Zwischen den Zähnen blitzte für einen kurzen Moment etwas auf.

»S ... Sense? D... das ist aber ein ungewöhnlicher Name.«

»Ja, Sense.« Der Mann imitierte die eindeutige Handbewegung eines Bauern, der Getreide mähte. »Willst du wissen, warum man mich so nennt?«

Der Halbling war gar nicht erpicht darauf, es zu erfahren und blieb stumm.

»Nun, ich werde es dir verraten, mein kleiner Freund. Ich stehe im Dienste vieler ehrenwerter und angesehener Bürger, die das Schicksal ihrer Verwandten oder ihrer Geschäftspartner vertrauensvoll in meine Hände legen. Doch das Schicksal meint es nicht immer gut mit einem.«

Erneut funkelte im Gesicht des Fremden ein goldener Schein.

»Ähm, ... verstehe – Sense, wie Sensenmann? Lustig.« Aazarus versuchte ein heiteres Lachen vorzutäuschen, was aber etwas leblos klang.

»Ah, gut, Kleiner. Du scheinst ja ein ganz schlaues Kerlchen zu sein, wie? In welcher Branche bist *du* tätig?«

In Aazarus' Hals hatte sich ein Kloß gebildet, der ihm die Luft abschnürte. »In ... in gar keiner Branche. Ich bin unschuldig.«

Der Ganove lachte, als hätte der Halbling einen Scherz gemacht, und es klang ehrlich amüsiert. Aazarus ballte die Fäuste.

»He, entschuldige, ich wollte dich nicht ärgern, Kleiner. Verstehe, schon – Geschäftsgeheimnis. Und im Grunde ist es eh besser, wenn du's mir nicht sagst. Was ich nicht weiß, macht Wühlig nicht heiß.« Sense zog sich wieder in die dunkle Raumecke zurück, aus der er gekommen war.

Müde und erschöpft ließ sich der Halbling auf ein Strohlager nieder. Gedankenverloren zupfte er an den Halmen. ›Ich ein Mörder, das ist doch lächerlich! Wie mache ich dem Hauptmann bloß begreiflich, dass es sich um ein dummes Missverständnis handelt?‹ Niedergeschlagen lauschte Aazarus den Wassertropfen, die leise von der Decke fielen. Immer wieder nickte er für einen Moment ein, aber als er schließlich Schritte die Treppe zum Zellentrakt hinunterkommen hörte, war er ganz wach. Im Lichtschein einer Lampe marschierte Hauptmann Wühlig mit einem weiteren Wachmann auf und postierte sich vor den Gitterstäben zu Aazarus Zelle.

»He, Junge! Komm her!«, befahl er.

»Bitte hören Sie mich an, ich bin un ...«, begann Aazarus, um die Situation zu erklären.

»Ich leite hier das Verhör«, unterbrach ihn Waster. »Also, wie ist deine Name?«

Der Wachmann zückte sogleich Pergament und Federkiel.

»Ich heiße Aazarus Lichtkind. Aber hören Sie, Herr Hauptmann, Sie haben da etwas völlig missver ...«

»Haben Sie das, Blomberg? Gut! Und jedes einzelne Wort protokollieren. Ich will alles eins zu eins nachlesen können, haben Sie mich verstanden?«

»Jawohl, Herr Hauptmann!«

Wühlig verschränkte die Arme hinter dem Rücken und marschierte an der Zelle auf und ab. »Ich hoffe es gefällt dir hier bei uns?«

»Das kann ich nicht gerade behaupten«, erwiderte Aazarus zerknirscht. »Es ist feucht, ich habe Hunger und mir ist kalt. Aber was ich Ihnen unbedingt ...«

»Soso. Kalt ist dir? Das hättest du dir früher überlegen sollen. An deiner Stelle hätte ich mich auch wärmer angezogen. In deinem leichten Nachthemd holst du dir schnell eine Erkältung oder gar den Tod.« Der Hauptmann grinste. »Glaube mir, dass habe ich hier schon alles erlebt.«

»Das würde ich ja sofort tun, wenn ich nur meine Kleider dabei hätte!«

»Ach ja, deine Kleider.« Der Hauptmann gab ein Zeichen, worauf ein weiterer Wachmann herbeikam und ein Stoffbündel vor den Gitterstäben auf den Boden fallen ließ.

»Ich glaube das gehört dir, wenn ich mich nicht irre?«

»Meine Sachen!« Aazarus war mit einem Satz an der Gittertür. »Geben Sie sie her!«

»Die sind beschlagnahmt. Ich muss sie erst einmal untersuchen. Ich finde bestimmt einen Hinweis darauf, dass du Almuthar umgebracht hast.«

»Umgebracht? So ein Blödsinn! Wie oft soll ich es Ihnen denn noch sagen? Ich habe mit diesem Mord nichts zu tun. Warum sollte ich jemanden umbringen?«

»Das kann ich dir sagen! Meiner Meinung nach hat man dich dafür bezahlt, diesen Magier beiseite zu schaffen.«

»Das ist doch ...«

»Du hast dich eingeschlichen oder so klein und unschuldig, wie du aussiehst, unter irgendeinem guten Vorwand bei ihm Zutritt verschafft. Dann hast du ihm heimtückisch Gift in den Tee gegeben. Und sicherheitshalber noch erdolcht. Ein Dienst an der Menschheit und ein genialer Plan, muss ich zugeben. Außerdem hast du den Höllenhund laufen lassen, um Verwirrung zu stiften. Hätte ich nicht besser machen können. Aber dann kam die Haushälterin vom Markt und du musstest dich verstecken. Tja, der größere Fehler war jedoch, dass du nicht mit mir gerechnet hast.«

»Ja, ich war in dem Turm, aber ich bin unschuldig!« Resigniert lehnte sich der Halbling an die Zellenwand.

Der Hauptmann trat an die Gitterstäbe heran und ging in die Hocke, so dass er in Augenhöhe mit dem Halbling war. »Das wird sich noch herausstellen, Junge! Wo hast du eigentlich das Gift her gehabt?«

»Bitte, Herr Hauptmann, Sie müssen mir glauben.«

»Ich muss gar nichts, verstanden! Ich sehe schon, du bist einer der ganz hintertriebenen Sorte. Ich werde dich schon überführen! Bis dahin bleibst du im Kerker, bei Wasser und Brot.«

»Was?« Verzweifelt klammerte sich Aazarus an die Gitterstäbe. »Das können Sie mir nicht antun. Haben Sie denn gar kein Herz?«

»Ein Herz!? Haben Sie das gehört, Gefreiter? Ein Herz für einen Mörder?«

Aazarus sah den Hauptmann wutentbrannt an.

»Hast du mir noch etwas zu sagen, Bursche? Nein?«
Waster erhob sich wieder. »Na schön, wie du willst.
Dann mach dich schon mal auf einige Tage Kerker
gefasst. Die machen jeden mürbe und am Ende wirst
du doch gestehen. Kommen Sie, Blomberg. Und ach,
bringen Sie die Sachen des Gefangenen bitte nach
oben in mein Arbeitszimmer.«

Der Hauptmann und die Wachen ließen den Halbling
im Dunkeln zurück. Halb bedrückt, halb verärgert
setzte er sich auf sein spärliches Strohlager. Wieder
und wieder sinnierte er, wie er Waster von seiner Unschuld überzeugen konnte. Die Gedanken kreisten
unaufhörlich in seinem Kopf, bis er irgendwann in
einen unruhigen Schlaf fiel. Als Aazarus erwachte,
war es stockduster. Er blickte durch das flache Gitter-
fenster in die pechschwarze Nacht. Tiefe, schwere
Wolken zogen in Fetzen vorbei und verdeckten den
Mond, der nur durch ein milchiges Schimmern zu
erahnen war. Unbeholfen tastete Aazarus nach seinen Pantoffeln, schlüpfte hinein und wanderte nervös auf und ab. ›Das wird sich bestimmt alles bald
aufklären‹, versuchte er sich zu beruhigen. Sicher, er
hätte dem Hauptmann nicht in den Turm folgen dürfen – das war eine törichte Dummheit gewesen. Aber
letztendlich hatte er nichts Ungesetzliches getan, davon war er überzeugt. Und ein Mörder war er schon
gar nicht. Das würde früher oder später auch der
Hauptmann einsehen müssen und ihn wieder auf
freien Fuß setzen. Doch wie lange mochte sich diese
ganze Sache noch hinziehen? Ein Knarren holte Aa-

zarus aus seiner Grübelei. Das Geräusch kam eindeutig von der Decke.

»Halt! Wer ist da!?«, war gedämpft eine Stimme zu vernehmen. »Hallo!? Zeigen Sie sich!«

Es folgte ein dumpfes Poltern, als ob etwas Schweres zu Boden gefallen war. Kurz darauf ertönten Schritte auf den Treppenstufen und dann das Klimpern eines Schlüsselbundes.

»Wurde auch langsam Zeit, Kralle!«, knurrte Senses Stimme nicht weit von Aazarus.

»Tut mir Leid, Chef, früher ging es einfach nicht. Zu viele Wachen.«

»So laut wie du warst, hast du wahrscheinlich die ganze Stadtwache alarmiert. Verflucht noch mal, hast du denn gar nichts gelernt, Kralle!?«, empörte sich eine Stimme, die bisher nicht zu hören gewesen war.

»Hört auf zu streiten, ihr beiden, und lasst uns Land gewinnen!«, sagte nun wieder Sense.

»Oh, Mist!«

»Was ist denn nun schon wieder?«

»Ich habe den Schlüssel fallen lassen. Wo ist der denn nur hin?«

»Kralle, du Idiot!«

»Keine Aufregung, hab ihn schon gefunden.«

Es knackte und rüttelte und mit einem verzerrten Quietschen öffnete sich die Zellentür.

»So, ich bitte Sie mir zu folgen, meine Herrschaften!«

»Bist du verdammt noch mal ruhig, du Blödian. Zum Teufel auch mit dir!«

In dem Moment brach der Mond kurzzeitig durch die Wolken und sein fahler Schein erhellte die Zelle. Aazarus konnte nun drei dunkle Gestalten ausmachen, die den Zellentrakt entlang zur Treppe schlichen. Er zögerte kurz, entschloss sich dann aber, ihnen geräuschlos zu folgen. Als er in den von einer Öllampe erhellten Wachraum trat, sah er Sense und seine beiden Komplizen den Raum durchqueren. Sie trugen schwarze Kleider und hatten ihre Gesichter durch dunkle, weite Kapuzen verdeckt. Sie stiegen gerade über den am Boden liegenden Wachmann hinweg. Unter seinem Kopf quoll Blut hervor.

»Danke auch, Kralle«, schimpfte Sense. »Ich hoffe für dich, dass der Mann noch lebt. Ich möchte nicht noch zusätzlich wegen Totschlags an einem Wachmann gesucht werden«

»Er lebt zum Glück noch. Sieht schlimmer aus, als es ist.« Aazarus war zu dem Verwundeten geeilt und fühlte nach dem Puls.

»Wer ist das!?«, fragte die kräftigere der beiden Gestalten.

Die andere, kleinere, hatte sogleich einen Holzknüppel unter ihrem dunklen Umhang hervorgezogen und kam auf den Halbling zu.

»Halt, Kralle! Lass den Scheiß. Komm zurück, der Kerl ist harmlos. Das ist mein Zellengenosse. Der wird uns schon nicht aufhalten, nicht wahr, Kleiner!?«

Sense grinste ein breites Lächeln. Ein Goldzahn blitzte hervor und gab ein schimmerndes Funkeln von sich.

»Nein, nein!«, stammelte der Halbling, während er sein Kopf schüttelte, »bestimmt nicht, das können Sie mir glauben.«

»Gut so, Junge. Wäre auch besser für dich.« Sense wandte sich an Kralle. »Siehst du, das verstehe ich unter Gehorsam.« Es folgte eine schallende Backpfeife.

Kralle rieb sich die Wange. »Ja Chef, habe ja schon verstanden.«

Sense gab seinen Kumpanen ein Zeichen und die drei verschwanden aus dem Gebäude. Aazarus seufzte. ›Was tue ich denn jetzt?‹, fragte er sich. ›Soll ich einfach auch weglaufen oder doch Hilfe holen und versuchen, die ganze Sache dem Hauptmann zu erklären? Andererseits, wer würde mir abnehmen, dass ich ungewollt an einem Gefängnisausbruch beteiligt war?‹ Er versuchte die beiden Möglichkeiten gegeneinander abzuwägen, konnte sich aber für keine der beiden Seiten recht entscheiden. Dann erinnerte er sich jedoch schaudernd an Hauptmann Wühligs Drohung, die weiteren nächsten Tage bei Wasser und Brot im Kerker verbringen zu müssen. Damit war die Entscheidung gefallen.

»Bloß weg hier, bevor ich es mir anders überlege«, sagte er zu sich selbst und lief eilig davon. Er war bereits auf die nasse Straße getreten, als ihn der Regen und die kalte Nachtluft daran erinnerten, dass er noch immer nur sein Nachthemd am Leibe trug. Ach ja, seine Sachen waren ja in Wühligs Arbeitszimmer! Fluchs trat er wieder ins Gebäude, schnappte sich die Lampe, lief wieder an dem bewusstlosen Wachmann vorbei und die Treppe hinauf ins Obergeschoss. Hier musste das Arbeitszimmer vom Hauptmann sein. Raum für Raum arbeitete er sich den Korridor voran, konnte jedoch in keinem seine Halbseligkeiten finden. Letztlich verblieb nur noch ein einziges Zimmer, dessen Tür aber verschlossen war. Da er in den anderen Zimmern keine Schlüssel gesehen hatte, stieg er wieder die Treppe hinab und durchsuchte den bewusstlosen Wachmann. ›Ich muss mich beeilen, bevor der wieder zu sich kommt!‹, dachte er. Statt des erhofften Schlüssels nahm er ihm einen schmalen Dolch ab und kehrte zu der verriegelten Tür zurück.

Aazarus hatte noch nie ein Schloss geknackt, wohl aber gehört, dass man den Bolzen mit etwas Geschick und einem Nagel verdrehen konnte. Und geschickt, ja das war er! Er drehte den Dolch rechts im Schloss herum, dann links, zog ihn wieder etwas hinaus, schob ihn wieder hinein und versuchte das Ganze erneut. Es knackte und klickte und kurz bevor er aufgeben wollte, war die Tür offen. Er hatte es tatsächlich geschafft.

Da war sein Hab und Gut, unordentlich auf dem Sessel abgelegt. Ein kalter Luftzug drang in den Raum hinein und Aazarus, der halb entkleidet gerade sein Hemd überstreifte, schloss die Fensterläden, die sich gelöst haben mussten.

Hastig durchwühlte er nun sein restliches Gepäck und in der Tat fehlten, wie er bereits befürchtet hatte, einige seiner Wertsachen. Irgendwo musste Wühlig sie verstaut haben, denn gestohlen hatte er sie doch gewiss nicht!

Der große Schrank zu seiner Linken enthielt nur die Dienstkleidung des Hauptmanns, eine Rüstung, Waffen, Schuhe und etliche leere Weinflaschen. Enttäuscht setzte er seine Suche am Schreibtisch fort, förderte aber zunächst nur Akten und lose Papierseiten zu Tage. Dann öffnete er jede Klappe und jedes Fach des Möbels und stieß endlich auf die vermissten Sachen. Seltsamerweise war auch ein kleiner eigenartiger Schlüssel dabei, der in Taschentuch eingewickelt war. Schnell stopfte er alles in seine Hosentasche.

Während der Halbling am Schreibtisch stand, hatte sich unbemerkt das Fenster wieder geöffnet. Lautlos wie ein Schatten war hinter seinem Rücken eine dunkle Gestalt hineingestiegen und näherte sich nun langsam dem Halbling mit einem Messer in der Rechten.

»Ohhhh.«

Aazarus fuhr zusammen, als er das Stöhnen aus dem Erdgeschoss vernahm. ›Der Wachmann kommt wieder zu sich!‹, schoss es ihm durch den Kopf. Mit dem Rucksack auf den Schultern und den Schlafsachen unterm Arm stürzte er zur Tür hinaus. Als er am Wachmann vorbeihastete, stemmte der sich gerade mit schmerzverzerrter Mine an der Tischkante empor.

»Halt!«, rief er dem schwer bepackten Halbling hinterher, »stehen bleiben, du bist verhaftet!« Eine Glocke wurde geläutet.

Aazarus hetzte durch die nächtlichen Gassen der schlafenden Stadt. Seine nackten Füße patschten über das nasse Pflaster. Hinter sich hörte er eine Nachtpatrouille, die von dem Geläut alarmiert worden war.

»Stehen bleiben!« rief ihm jemand hinterher.
Lange würde er eine Verfolgungsjagd nicht durchstehen, allmählich verließen ihn die Kräfte. Er bog gerade um eine Ecke, als ihn unvermutet eine Hand am Arm packte und in einen Hauseingang zerrte. Eine zweite Hand umschloss seinen Mund. Kurz darauf sah Aazarus mehrere Wachmänner die Straße hinunterrennen, die bald in der Nacht verschwunden waren.

»Das war aber knapp«, sprach eine Stimme, die dem Halbling bekannt vorkam.

»Ja, ... das stimmt. Ich danke Ihnen, Herr Sense!«

»Oho! Du hast also meine Stimme wiedererkannt. Wahrlich nicht schlecht, Junge.« Die Gauner traten ins blasse Mondlicht.

»Los, Kralle, steh hier nicht einfach so herum.« Sense schubste den kleineren seiner Kumpanen nach vorn. »Mach dich nützlich und hilf unserem jungen Freund, seine Sachen aufzulesen.«

»Jawohl, Chef!«

»Danke, danke für die Hilfe. Das geht schon.« Aazarus hievte seinen Rucksack auf den Rücken und schüttelte Sense die Hand. »Ich stehe in Ihrer Schuld, Herr Sense, aber jetzt muss ich los.« Er nickte den Männern zu und tapste davon.

Sense schaute dem Halbling nach. »Dieser kleine Bursche wäre perfekt«, sagte er leise zu sich und dann lauter: »Wo willst du denn jetzt hin, Junge?«

»Keine Ahnung, das wird sich zeigen.«

»Wenn du Lust hast, kannst du erst einmal bei uns unterkommen.«

»Aber, aber, Chef ...«, flüsterte der kleinere der Kumpanen.

»Sei still, Kralle!« Sense blickte zu Aazarus hinüber, der verunsichert im Regen stand und mit sich haderte. Konnte er es wagen, sein Schicksal in die Hände dieser Ganoven zu legen?

»Nein danke, ich glaube ich komme ganz gut allein zu recht.« Der Halbling nahm demonstrativ Haltung an und setzte seinen Weg fort.

»Nun gut, wie du meinst. Aber gib auf dich Acht, dass du nicht wieder in die Hände der Stadtwache fällst«, rief Sense ihm hinterher, »oder dich der entlaufene Höllenhund verspeist.«

Aazarus blieb schlagartig stehen. »Höllenhund? Was ist das?«

»Ach«, grinste Sense und sein Goldzahn blitzte wie ein Stern am dunklen Nachthimmel. »Eine blutrünstige Bestie mit drei Köpfen, die erst vor kurzem entlaufen ist. Die streunt jetzt nachts hier durch die Gassen, wie meine beiden Freunde es mir berichtet haben.«

Aazarus bekam eine Gänsehaut. »Dann habe ich also ... also diesen Höllenhund gesehen, als ich unter dem Holzkarren ...« Ihm blieb der Satz im Halse stecken.

»Was denn nun, kommst du mit oder nicht? Entscheide dich, wir haben keine Zeit zu verlieren. Die Stadtwache ist auf der Suche nach uns.«

»N–n–nun, ... a–also gut.« Aazarus konnte selbst kaum glauben, was er gesagt hatte. Schließlich schloss er sich gerade einem Meuchelmörder und seinen Komplizen an. Jedoch, wenn man die Umstände betrachtete, so war eine Gruppe von Gaunern wohl noch die bessere Gesellschaft als ein hungriger Höllenhund oder die Stadtwache von Moorin.

»Freut mich, dass du dich richtig entschieden hast«, meinte Sense und legte seinen Arm vertrauensvoll um Aazarus' Schultern. »Kommt, lasst uns aufbrechen.«

Eine ganze Weile liefen sie durch die verwinkelten Gassen der Stadt und umso weiter sie kamen, desto armseliger wurde die Gegend. Die Häuser wirkten schäbig und baufällig. Die Wege waren längst nicht mehr gepflastert, sondern bestanden aus Stampflehm, der sich durch den anhaltenden Regen in Schlamm verwandelt hatte. Am Horizont begann es schon zu dämmern, als sie vor einem mehrstöckigen Fachwerkhaus anlangten. Es schien von außen baulich besser instand zu sein, als die anderen Gebäude, die der Halbling im näheren Umkreis sehen konnte.

»Da sind wir ja endlich! Komm herein in die gute Stube und fühl' dich wie zuhause.« Sense und seine Kameraden hängten ihre schwarzen Mäntel an einem Haken und machten es sich gemütlich. Jetzt konnte Aazarus auch die Gesichter der beiden anderen Kumpanen betrachten. Den größeren und älteren von beiden, den Sense mit *Renck* ansprach, schätzte Aazarus auf 40 Lenze. Haare hatte er aber schon keine mehr, dafür zierte seine Glatze eine unkenntliche Tätowierung. Die graublauen Augen in dem ernsten Gesicht starrten misstrauisch zu ihm hinüber.

»Setz' dich ans Feuer und wärme dich auf«, meinte Sense und wies auf die knisternden Flammen eines Kamins. »Außerdem solltest du deine Klamotten trocknen.«

Aazarus nahm am Kamin Platz und hielt seine Handflächen der wohligen Wärme entgegen.

»Kralle, gib Arina Bescheid, dass sie für uns und unserem Gast etwas Kochen soll. Sie möchte sich aber bitte beeilen, wir haben Hunger«, sagte Sense an den anderen Komplizen gewandt. Dieser war noch nicht ganz erwachsen, hatte rote unbändige Haare und ein Gesicht voller Sommersprossen. Für einen Moment stutzte Aazarus. Hatte er dieses Gesicht nicht schon irgendwo ...?

»Möchtest du dich nicht lieber umziehen, bevor wir essen?« Sense hatte seine Hand auf Aazarus' Schulter gelegt. »Ich meine etwas Trockenes wäre bestimmt ganz angenehm, oder?«

»Aber ich habe nichts Trockenes mehr bei mir. Meine ganzen Sachen triefen vor Nässe.«

»Renck, schau mal nach, ob wir nicht noch irgendwo trockene Kleidung für unseren Freund haben.«

»Jawohl, Chef«, brummte dieser säuerlich.

»Und? Gefällt es dir bei uns? Wahrlich besser, als die ganze Nacht im Regen durch die Stadt zu irren, nicht wahr?«

Sense hatte sich ein Glas Wein einschenkt. »Willst du auch einen Schluck? Komm schon, gesell' dich zu mir.«

Aazarus kam der Aufforderung nach und blickte stumm in Senses freundlich lächelnde Miene.

»Da bist du ja endlich wieder.« Eine junge und hübsche Frau mit langem blonden Haar kam in den Raum getreten. Ein elegantes, blaues Kleid unterstrich ihre weiblichen Rundungen. Mit offenen Armen kam sie auf Sense zugelaufen und küsste ihn zärtlich auf den Mund. »Ich hatte schon Sorge, es wäre etwas schief gegangen bei dem Ausbruch.«

»Nein, es ist alles in Ordnung, Engelchen. Ach, wie habe ich dich vermisst«, hauchte er der Frau zärtlich ins Ohr, die daraufhin anfing zu kichern.

»Wen hast du da mitgebracht, Schatz?«

»Mein Name ist Aazarus Lichtkind, meine Dame.« Der Halbling zog artig seine durchnässte Mütze vom Kopf und verbeugte sich tief.

»Der ist aber süß«, meinte die Frau und strich Aazarus' über die schwarzen Locken.

»Das ist mein Zellengenosse, Arina. Ist ein schlaues Bürschchen. Aber ich erzähle dir alles nachher, wenn wir gegessen haben. Und jetzt sei nett und koch uns etwas Schönes«, bat Sense und gab der Frau einen liebevollen Klaps auf den Po.

»Meine Frau«, schnalzte Sense mit der Zunge und zwinkerte dem Halbling kumpelhaft zu, als Arina gegangen war. Aazarus griff nach seinem Weinhumpen und wartete ungeduldig und wortkarg auf das versprochene Mahl. Statt des Essens erschien zuvor Renck mit den Kleidungstücken, die er für den Halbling zusammengeklaubt hatte.

Aazarus wurde eine schwarze Garnitur gereicht, die aus einer Leinenhose, einem Hemd, einer Seidenweste, einer Jacke und dazu passenden Lederschuhen bestand. Gemächlich zog sich der Halbling um, wobei er jedoch die Schuhe unangetastet liegen ließ. Zu seinem Erstaunen, passten ihm die Kleider fast wie angegossen.

»Und was ist mit den Schuhen, Kleiner? Sind sie dir zu eng?«, fragte Sense und betrachtete die großen, haarigen Halblingsfüße.

»Doch, aber ich laufe lieber barfuß.«

»Ihr Halblinge seid schon ein seltsames Völkchen.« Sense lachte verständnislos. »Nun, auf jeden Fall siehst du jetzt richtig elegant aus. Wie der verwöhnte Sohn eines reichen Bürgers.«

Aazarus sah an sich hinab und in der Tat ähnelte er in diesem Aufzug gar einem Fürstensohn bei der eigenen Beerdigung.

»He, Chef«, warf Renck ein, »wenn ich mich nicht irre, sind das die Sachen vom Sprössling des Grafen Creadin, den wir damals entführt hatten.«

»Ja, stimmt, du hast Recht«, grinste Sense, »hatten ‚ne ziemlich hohe Lösegeldsumme für ihn erhalten.«

Aazarus erbleichte. Hatte er eben richtig gehört? Trug er gerade die Sachen eines entführten Jungen? Bei diesem Gedanken lief ihm ein Schauer über den Rücken. In diesem Moment wurde das Essen hereingetragen. Mehrere, dampfende Töpfe wurden vor Aazarus' Augen auf dem Tisch gestellt. Es duftete köstlich nach Fisch, Fleisch und frischem Gemüse. Aazarus verdrängte seine unwohlen Gedanken. Schnell nahm er auf einem der Stühle Platz und begann nach Senses Aufforderung zu essen. Wahrlich, es war ein Festmahl. Ohne Pause speiste der Halbling nach Herzenslust und alle anderen, die längst satt waren, staunten über dessen unstillbaren Appetit. Als er auch den letzten Topf geleert hatte, lehnte er sich gesättigt zurück und atmete zufrieden durch: »Ah! Das war ganz köstlich, geradezu deliziös, liebe Frau Arina.« Und scherzend fügte er noch hinzu: »Sie haben soeben einen Halbling vor dem Hungertod gerettet.«

»Das habe ich doch gerne getan«, lachte Arina, »und es freut mich, dass es dir geschmeckt hat.«

»Das hat es wirklich«, gestand Aazarus und gähnte herzhaft.

»Oh, du bist bestimmt müde.« Sense zündete sich gerade eine Zigarre an.

Der Halbling schaute verlegen in der Runde. »Nun, wenn ich ehrlich sein soll, haben Sie mit ihrer Vermutung nicht ganz Unrecht, Herr Sense.«

»Kralle, du hast gehört, unser Gast ist müde. Richte für ihn ein Nachtlager ein. Er wird bei dir im Zimmer schlafen.«

»Aber Chef, ...«

»Keine Widerworte«, unterbrach ihn Sense. »Los, tu', was ich dir sage!«

Sichtlich angesäuert stapfte Kralle die Treppe nach oben, der dem Halbling dabei einen bösen Blick über die Schulter zuwarf.

»Ich möchte Ihnen und Ihren Freunden wirklich keine Umstände machen, ...« meinte Aazarus.

»Ach, papperlapapp. Ich bitte dich.«

»Danke, Herr Sense. Ich weiß überhaupt nicht, wie ich mich bei Ihnen und Ihren Freunden erkenntlich zeigen kann.«

»Ach, eines Tages wirst du diese Chance schon bekommen, glaube mir.« Sense grinste über beide Ohren. »Also, gute Nacht.«

»Nach diesem Essen werde ich bestimmt wie ein Toter schlafen«, gähnte der Halbling gedankenverloren.

»Oh ja, dass wirst du vielleicht auch«, sagte Sense leise zu sich selbst, ohne das es jemand hören konnte.

Kralle führte Aazarus ins obere Stockwerk auf sein spartanisch eingerichtetes Zimmer. Neben einem Heulager gab es nur noch eine kleine Kommode, auf dem eine erloschene Kerze, eine Porzellanschale und ein großer Wasserkrug standen. Doch Aazarus war zufrieden, denn sein Magen war reichlich gefüllt, er hatte es warm und ein trockenes Dach über dem Kopf. Kaum hatte Kralle den Raum verlassen, legte Aazarus seine Habseligkeiten auf die Dielen und bettete sich ins Heu. Er dachte über die Geschehnisse nach, die ihn seit der Ankunft in Moorin widerfahren waren. Er hatte hier schon so viele spannende Abenteuer erlebt, um sein ganzes Leben lang davon erzählen zu können. Er kuschelte sich in seine Decke und schlief sofort ein.

6. Machtkämpfe

Nicht weit von Aazarus entfernt, wälzten sich drei Wagen mit allerlei Hausrat durch die erwachende Stadt. Auf dem Kutschbock des führenden Planwagens saß ein alter Mann mit grauem Ziegenbart und einem Blick, der strenge Autorität verriet. Seine rechte Pupille war trüb und ließ darauf schließen, dass sie erblindet war. Das linke Auge hingegen spähte unter den buschigen Augenbrauen umso wachsamer hervor. Neben ihm auf dem Kutschbock kauerte, in einfache Leinenkleider gehüllt, ein Gnom, der die Zügel hielt. Seine braunen Haare wehten im klaren Morgenwind und seine große Knollnase wippte auf und ab, während der Wagen über das Kopfsteinpflaster holperte.

»Sagt, Meister Trasparan, war der Umzug nicht etwas überstürzt?«, fragte der Gnom vorsichtig. »Wäre es nicht redlich gewesen, noch einige Tage abzuwarten ... ich meine, so etwas gehört sich doch.«

»Wittelbroth!«, blaffte der alte Mann und sein faltiges, energisches Gesicht wurde rot vor Zorn, »was glaubst du eigentlich, wer du bist, dass du dich anmaßt, mich zu belehren!« Der Lehrmeister versetzte dem Gnom mit seinem Holzstab einen kräftigen Hieb.

»Entschuldigt vielmals, Meister! Natürlich stand es mir nicht zu, mich in Eure Angelegenheiten einzumischen«, wimmerte Wittelbroth, während ihm vor Schmerzen die Tränen kamen.

»Du einfältiger Gnom! Du bist dir der Bedeutung wohl noch immer nicht bewusst. *Ich* habe alles bekommen. Alles! Und *ich* bin jedem zuvor gekommen und besitze nun den Turm. Zwar musste ich ein Vermögen dafür hergeben, aber das war es wert. Welch ein Wink des Schicksals. Ohne nur einen Finger zu krümmen, habe ich nun freie Bahn. Wenn ich erst einmal den Stab gefunden habe, werde ich der mächtigste Zauberer sein, der jemals gelebt hat.«
Der Magier gluckste und streckte seine Arme zum Himmel empor. Aufgeschreckt flatterte Trasparans Rabe kurz in die Lüfte, bevor er sich wieder auf seiner Schulter niederließ.
»Ich danke den Göttern, dass sie mir diesen Narren gesandt haben, der mir die schwierigste Aufgabe abgenommen hat.«

»Aber es ist äußerst gefährlich«, erwiderte der Gnom, »es kann Unvorhersehbares geschehen, wenn man nicht Acht gibt, Herr! Und seid Ihr überhaupt sicher, dass es sich wirklich um *jenen* Stab handelt? Bitte versteht mich nicht falsch, Meister«, der Gnom rutschte auf dem Kutschbock vorsichtshalber ein Stückchen zur Seite, um einem weiteren Hieb aus dem Weg zu gehen, »Ihr seid auf der Suche nach einem Gegenstand, den es nur einer Sage nach gegeben haben soll.«

»Es ist keine Sage, sondern die Wahrheit, du kleiner Wicht!«, spottete der alte Mann, »Im Übrigen habe ich Spione ausgesandt, die mir berichteten, dass er das Artefakt gefunden haben soll«.

Der Gnom schüttelte innerlich mit dem Kopf. Es war einfach nicht zu fassen, dass ein so ehrwürdiger Zauberer wie sein Meister dummen Ammenmärchen Glauben schenkte. Wahrscheinlich wurde er nun doch langsam alt und ein wenig wirr.

»Die letzten Ereignisse sind ein weiterer Beweis dafür«, fügte der Zauberer hinzu, »aber es bedeutet auch, dass wir auf der Hut sein müssen, sonst liegen *wir* bald unter der Erde. Anscheinend weiß noch jemand davon. Das hatte ich nicht geahnt.« Nosgar Trasparan überlegte kurz. »Ich werde lieber noch heute ein paar Söldner anheuern, die uns ungebetene Gäste vom Leibe halten.«

Der Magier versank für einige Zeit in Gedanken und hob erst wieder den Kopf, als die Wagenkolonne um eine Häuserecke bog.

»Ah! Endlich sind wir da«, freute er sich. »Heute Abend, bevor ich ins Bett gehe, will ich meinen gesamten Hausrat im Turm vorfinden. Hast du mich verstanden, Wittelbroth? Enttäusche mich nicht. Du weißt, du stehst kurz vor dem Abschluss deiner Magierausbildung.«

»Ja, Meister.«

»Und erst, wenn ich den Stab gefunden habe, bekommst du von mir deinen *Intimus Magicus*.

Es dämmerte, als das erste Hahnenkrähen Aazarus aus dem Schlaf holte. Er war schon in der Nacht zwei, dreimal aufgewacht und ein schlechtes Bauchgefühl hatte stets dafür gesorgt, dass er jeweils danach noch eine Weile wachgelegen und argwöhnisch seinen Zimmergenossen beobachtet hatte, der in der gegenüberliegenden Zimmerecke schlief. Immer wieder hatte Aazarus darüber nachgedacht, ob er nicht gleich seine sieben Sachen zusammenpacken und sich davon stehlen sollte. Dann hatte sich in ihm jedoch der Halbling gemeldet und daran erinnert, dass die Stadtwache nach ihm fahndete, dass er um diese Zeit auf den Straßen der herunter gekommenen Gegend bestenfalls in weitere Ganovenhände fallen konnte oder im schlechteren Fall dem Höllenhund als kleines Nachtmahl dienen würde. Nein, da war es wohl besser bis zum Morgengrauen zu warten. Nun leuchtete es diffus vom Fenster herein, und die erwachende Vogelwelt war ein Zeichen, dass die Zeit gekommen war.

›Jetzt oder nie‹, machte sich Aazarus Mut.

So vorsichtig wie möglich schälte er sich aus seiner Decke, klaubte seine Sachen zusammen und schlich an dem schlafenden Kralle vorbei. Auf dem Flur wollte er sich anziehen, doch als er die Tür fast geräuschlos hinter sich geschlossen hatte, hörte er unten von der Diele her gedämpfte Stimmen. Die eine, raue gehörte eindeutig zu Renck, die andere offenkundig zu Sense. Verflixt, war es möglich, dass die beiden so früh schon auf waren?

»Willst du mir nicht langsam verraten, was du mit dem Kleinen vorhast, Sense? Warum hast du ihn mitgenommen?«, hörte er nun Renck sagen.

Aazarus spitzte die Ohren, als nach einem heiseren Lachen Senses Stimme antwortete: »Renck, du weißt doch am besten, dass der erste Coup geplatzt ist und wir die alte Nummer nicht noch mal durchziehen können. Deshalb kommt jetzt ein abgewandelter Plan B zum Zuge.«

»Was heißt denn abgewandelt?«

»Ganz einfach. Wir schicken den Kleinen voraus.«

»Was hast du vor? Hältst du das wirklich für eine gute Idee?«

»Überleg' doch mal, Renck, er ist schmal genug, dass er durch die Röhre passt. Auch sind Halblinge bekannt für ihr Geschick und ihr Talent, sich praktisch ›unsichtbar‹ zu machen. Das kann für ihn und für unseren Coup nur von Vorteil sein. Und wenn er dann doch in eine Falle tappen sollte und er hopsgeht, dann ist es auch keine Schande.«

Jetzt lachten beide, und Aazarus sah insgeheim wieder Senses Goldzahn aufblitzen. Er hatte eindeutig genug gehört und wollte sich gerade nach einem anderen Fluchtweg umsehen, als sich neben ihm leise die Tür öffnete und Kralle im Rahmen erschien. Aazarus drückte ihn sogleich unsanft in das Zimmer hinein und schloss die Tür hinter ihnen.

»Ach, du willst wohl türmen?« Der junge Mann sah spöttisch auf Aazarus hinunter.

»Ich lasse mich nicht für eure kriminellen Machenschaften einspannen.«

»Das glaubst auch nur du«, grinste Kralle, »in Wahrheit bist du doch viel zu tollpatschig und ängstlich für ehrliche Gaunerarbeit.«

Das ließ sich kein Halbling sagen, auch wenn es an dieser Stelle sicherlich geboten gewesen wäre zu schweigen. »Von wegen, unten sitzen Sense und Renck und planen mich gerade für ihren Plan B ein.«

»Was? Das glaube ich nicht!«

Aazarus wies demonstrativ Richtung Flur. Kralle drückte die Klinke hinunter, zog das Türblatt einen Spaltbreit auf und beide horchten in den Flur hinein.

»... und dort steigen wir ein.«

»Das ist ein genialer Plan, Sense. Aber du hast Kralle vergessen, den müssen wir wohl oder übel beteiligen.«

»Ach, Kralle ist doch zu groß für die Röhre und im Übrigen traue ich ihm nicht mehr.«

»Aber diesem komischen Kerlchen schon? Warum bist du dir so sicher, dass er mitmachen wird?«

»Weil wir ihn sonst umbringen werden, Renck.«

Aazarus lief eine Gänsehaut den Rücken hinunter.

»Ha! Die werden dich abmurksen«, flüsterte Kralle.

»In Ordnung, aber was ist nun mit Kralle?«, fragte Renck eine Etage tiefer.

»Was ist dann seine Aufgabe?«

»Ach, der Junge hat doch kein Talent. Wir sollten ihn loswerden, auf die Straßen werfen.«

»Aber das wäre unklug, schließlich ist er über den Plan B unterrichtet. Und ich glaube, er hat etwas über den Stab in Erfahrung gebracht.«

»Hm, du hast Recht, Renck. Es wäre besser, wir schaffen ihn gleich beiseite.«

Aazarus sah, wie Kralle die Faust ballte. Angespannt stand er neben ihm und im fahlen Licht der aufgehenden Sonne wirkte sein Gesicht mit einem Mal kreidebleich. Unten ploppte ein Korken.

»Also abgemacht. Trinken wir noch einen Schluck, mein Freund. Ich werde gleich zu unserem schlafenden Gast gehen und ihm von unserem Plan erzählen. Sollte er sich weigern, uns zu helfen, werde ich kurzen Prozess mit ihm machen.«

»Und was ist, wenn der Kleine uns entwischt?«, hörten sie Renck darauf fragen.

»Was soll schon sein? Zu der Stadtwache kann er nicht gehen, die sucht ihn. Vergiss nicht, er ist auf der Flucht. Der Hauptmann glaubt doch tatsächlich, dass er Almuthar umgebracht hat.«

»Wie bitte, der kleine Kerl?«

»Ich glaube das nicht«, erwiderte Sense. Aber das ist auch egal. Wenn er es nicht gewesen ist, hat uns jemand anderes die Drecksarbeit abgenommen und nur das zählt. Mir können sie den Mord nicht anhängen.« Sense lachte. »Da ich am Tag des Mordes im Kittchen saß, habe ich ein wasserdichtes Alibi. Ist das nicht herrlich? Aber dennoch müssen wir uns jetzt vorsehen. Nun heißt es – wer zuerst handelt, der kassiert alles.«

Kralle schloss die Tür und beide sahen sich einen Moment wortlos an.

»Du wirst bei dem Plan nicht mitmachen, oder ...«

»Oder was?«, fragte Aazarus.

»... oder ich bringe dich um.«

Der Halbling hob seine Sachen vom Boden auf.

»Ich habe eine viel bessere Idee, ich verschwinde von hier. Und wenn du klug wärst, würdest du das auch tun.«

»So? Warum sollte ich?«

Ungläubig trat Aazarus ihm entgegen und zeigte ihm einen Vogel.

»Man, die wollen dich töten, du Idiot!«

Kralle schwieg und rührte sich nicht vom Fleck.

»Los, beeile dich, bevor sie raufkommen«, drängte Aazarus, »Mach schon, wir haben keine Zeit.«

»Du hast Recht, Kleiner. Warte hier, ich bin gleich wieder da.«

Der junge Mann schlich aus dem Zimmer und kam bald darauf zurück. Er hatte sich einen Rucksack auf den Rücken geschnallt und eine warme Decke unter den linken Arm geklemmt. Vor ihm stand Aazarus, der ungeduldig auf den Füßen wippte.

»Na endlich! Das hat ja eine Ewigkeit gedauert, fast wäre ich ohne dich aufgebrochen.«

»Schneller ging es leider nicht. Ich musste noch ... «

»Ja, ja, schon gut. Aber jetzt komm!«

Vorsichtig überquerten sie den Flur. Beim Treppenabsatz blieben sie kurz stehen. Leise stieg Kralle einige Stufen hinab und beugte sich über das Geländer, um in die Diele zu schauen. Er sah Sense und Renck, die den letzten Schluck des Weins die Kehle hinunter gossen.

»Ich glaube, wir sollten nun zur Tat schreiten. Du übernimmst Kralle und ich unseren Gast – wie besprochen«, entschied Sense und erhob sich vom Stuhl.

»Klar, Chef!«

Kralle schlich so schnell und leise, wie er konnte, zu Aazarus zurück, packte ihn am Arm und zerrte ihn tief in den Flur hinein.

»Was ist denn los?«, flüsterte Aazarus alarmiert.

»Die beiden sind schon auf dem Weg nach oben.«

»Was?! Wenn du dich etwas mehr beeilt hättest, wären wir längst über alle Berge.«

»Mit ›Was-Wäre-Wenn‹ kommen wir jetzt nicht weiter«, erwiderte Kralle und schob den Halbling in eines der Zimmer, eilte zum Fenster hinüber und riss es auf.

»Raus hier«, befahl Kralle, »los, ich helfe dir.«

Der Halbling blickte auf die leere Straße vor dem Haus. Endlose fünf Meter trennten die erste Etage vom Erdboden. Aazarus begann zu schlottern. Seit dem schlimmen Unglück im Zirkus litt er an schrecklicher Höhenangst.

»Bist du des Wahnsinns!? Das mache ich nicht, da breche ich mir ja sämtliche Knochen!«

»Immer noch besser als einen Dolch im Rücken, würde ich behaupten.«

Einige Sekunden später hing der Halbling an einem Seil, das Kralle aus seinem Rucksack gezogen und am Fensterkreuz befestigt hatte. Wie ein nasser Sack baumelte er mit einem flauen Gefühl im Magen in der Luft und strampelte mit den Füßen wild umher.

»Mach schon, Kleiner, wir haben es eilig, falls du es vergessen hast!«, drängte Kralle, der als erster hinunter geklettert war.

»Ich kann das nicht«, schluchzte der Halbling mit Tränen in den Augen. »Ich habe zu viel Angst, verdammt noch mal!«

Plötzlich erklang Rencks Stimme über ihm. »He, Chef! Da sind sie!«

Aazarus schaute nach oben und sah nur noch das Aufblitzen einer scharfen Klinge, die das Seil kappte.

Der Halbling fühlte, wie er hinab stürzte. Dann war alles schwarz um ihn.

Wer Nosgar Trasparan gut kannte – und im Kaiserreich gab es beileibe kaum einen Gelehrten, der das gerne von sich behauptete – wusste, dass der hagere Magier kein Mensch des Müßiggangs war. Gerade erst im neuen Quartier angekommen, hatte er sich bereits rastlos in die Arbeit gestürzt. Stundenlang hatte er das komplette Gemäuer geradezu durchkämmt, aber partout nichts finden können. Überhaupt nichts. Keinen Hinweis. Abgekämpft und übellaunig ließ er sich nun in den Polstersessel fallen. Bevor er nicht gefunden hatte, was er suchte, würde er keine Ruhe finden, das stand fest.

»Er muss ihn irgendwo hier versteckt haben! Er muss!« Trasparans Fingernägel gruben sich in das Polster. Jeden Winkel des Gebäudes hatte er systematisch abgesucht, jedes einzelne Buch aus dem Regal gezogen, in der Hoffnung es öffnete sich eine Geheimtür oder ein verborgenes Fach. Irgendetwas musste er übersehen haben.

Ein Keuchen und Schnaufen drang von der Treppe herüber und kurz darauf kam Wittelbroth in den Raum, der einen schweren Schreibtisch schleppte.

»Wittelbroth, sag, sind wenigstens die angeheuerten Söldner schon eingetroffen?«

»Ja, Meister«, stöhnte der Gnom unter der Last des Möbelstücks. »Sie haben bereits Position bezogen. Ich habe sie eingewiesen und ihnen für heute den Lohn ausgezahlt.«

Die Männer wollte Trasparan sicherheitshalber noch mal selbst in Augenschein nehmen. Er hiefte sich aus dem Sessel und begab sich nach draußen. Links und rechts der Eingangstür hatte sich je ein Söldner postiert. Beide waren große und kräftige Männer, in Kettenhemden gerüstet und mit Langschwertern bewaffnet. Ihre wettergegerbten und vernarbten Gesichter wiesen auf Kampferfahrungen hin. Beide blickten Trasparan an, als er zwischen ihnen auf den Weg trat.

»Seid Ihr der Magier Trasparan, unser Auftraggeber?«

»Ja, der bin ich.«

Der Söldner legte die Hand an den Helm. »Grimwald, zu Euren Diensten, Herr. Euer Lehrling hat uns befohlen, dass niemand ohne Eure Anweisung das Gebäude betreten oder auch verlassen darf. Ist das richtig?«

»Korrekt, so lautet Ihre Aufgabe. Aber sagen Sie, ich habe nach mindestens fünf Söldnern verlangt, wo sind die anderen?« Er starrte dem Söldner in die Augen. Grimwald wurde sichtlich unangenehm. Er hatte schon vielen herrischen und dubiosen Auftraggebern gedient und war rauen Umgang gewohnt, aber Trasparans Auftreten und sein markantes strenges Gesicht mit der grau-trüben Pupille waren ihm unheimlich. Unter dem Blick des Magiers hatte er das Gefühl, geradezu durchleuchtet zu werden.

»Sie patrouillieren um das Gebäude herum, während wir hier Wache stehen, Herr«, antwortete er und versuchte, sein Unbehagen zu überspielen.

»Gut! Machen Sie weiter und seien Sie wachsam. Sollte etwas Auffälliges geschehen, benachrichtigen Sie mich sofort.«

Seit dem Morgengrauen schleppte sich die Wachmannschaft müde durch die Stadt. Sie folgte ihrem Hauptmann, der unerbittlich an der Spitze voranmarschierte. Sein Gesicht zeichnete eine unruhige, hektische Nacht wieder und die Ränder seiner Augen trugen die Last von wenig Schlaf.

»Diese kleine schlaue Ratte«, grummelte er unablässig vor sich hin. Nach siebzehn Jahren im Dienst der Stadt und nun das! Waster ärgerte sich maßlos und die Standpauke von Oberst Zobel, der ebenso ungern wie Wühlig schlagartig aus den Federn geholt wurde, hatte sein Gemüt auch nicht gerade erheitert. Noch nie war Waster bisher ein Gefangener entflohen. Der Hauptmann fühlte sich durch den Vorfall regelrecht persönlich beleidigt und entehrt. Seinem Vorgesetzten mochte es in erster Linie um die Durchsetzung und Einhaltung des Gesetzes gehen, Waster jedoch kämpfte um seinen Stolz und seine Selbstachtung. Schließlich stand sein Ansehen als Verantwortlicher der städtischen Ordnung und Sicherheit auf dem Spiel. Daher musste er die Geflohenen so schnell wie möglich wieder einfangen. Sie durften ihm nicht entwischen, dass hatte er sich geschworen. Sämtliche Tore der Stadt hatte er mit zusätzlichen Männern besetzen und eine detaillierte Personenbeschreibung an jeden Wachmann durchgeben lassen.

»Ich werde diesen Halbling in die Finger bekommen«, knirschte der Hauptmann mit den Zähnen »und dann mache ich ihn noch einen Kopf kürzer als er ohnehin schon ist!«

Waster legte einen Schritt zu. Seine Wachmannschaft, die am Ende ihrer Kräfte war, konnte mit ihm nun kaum noch mithalten. Die Männer wollten ihren Unmut kundtun, aber jeder von ihnen wusste, dass ein falsches Wort den brodelnden Vulkan Wühlig zum Ausbruch bringen und sie allesamt unter sich begraben würde.

»Äh, entschuldigen Sie Herr Hauptmann.« Einer der Männer tippte zögerlich auf Wasters Schulter.

»Was wollen Sie denn, Blomberg?«

»Ja, also, da oben bei dem Schornstein ... «, druckste der Wachmann.

»Kommen Sie zur Sache«, erwiderte Waster genervt.

»Nun, ich habe da etwas Verdächtiges gesehen.«

»Was wollen Sie da gesehen haben, Blomberg? Ich kann da nichts erkennen.«

»Eine schwarz gekleidete Person auf dem Dach. Dort, gegenüber vom Turm.«

»Dort oben? Schauen Sie Blomberg, wie soll die denn da raufgekommen sein? Und weshalb?«

»Ich dachte, ein Einbrecher vielleicht, oder jemand, der Schmiere steht.«

»Sagen Sie, wie lange sind Sie heute schon im Dienst?«

»Äh, rund zwölf Stunden, würde ich sagen.«

»Jetzt sage ich Ihnen mal was, Blomberg. Ich glaube, Sie träumen schon. Und jetzt konzentrieren Sie sich noch mal und gehen mir nicht weiter auf den Geist. Wir haben anderes ...« Der Hauptmann stockte, als er vor Almuthars Magierturm zwei gerüstete Männer bemerkte. Was hatte das zu bedeuten?! Zielstrebig hielt er auf sie zu.

»Halt!«, rief einer der Männer bestimmt. Seine Linke hatte er an den Schwertgurt gelegt, die Rechte streckte er Waster abwehrend entgegen. »Wer sind Sie und was wollen Sie?«

»Wer ich bin?«, wiederholte Waster verblüfft und schwellte die Brust.

»Ja, das fragte ich Sie gerade, Sie haben mich schon richtig verstanden.«

»Ich bin Waster Wühlig, Hauptmann der Stadtwache und ich möchte sofort wissen, was hier vorgeht.«

»Was soll hier schon vorgehen«, meinte der Mann mit versteinerter Miene, »wir bewachen den Turm.«

»Das sehe ich. Wer hat Sie und Ihre Kollegen beauftragt?«

»Ich bin nicht befugt, Ihnen darüber Auskunft zu erteilen.«

»Was?!« Wühlig lief rot an. »Und ob Sie das sind«, brüllte er, »ich lasse Sie sonst kurzer Hand abführen und auf der Wache vernehmen.«

»Der Magier und Besitzer dieses Turms, Nosgar Trasparan, bezahlt und befehligt uns«, brummte der Söldner.

»... Magier und Besitzer?! Ja, aber...« Das verschlug Waster die Sprache. Er musste sich verhört haben. Der Turm war immerhin ein Tatort in einem noch ungeklärten Mordfall und damit außer für die Stadtwache für niemanden zu betreten. Und wenn sein Vorgesetzter etwa ...? Nein, unmöglich – solange die Ermittlungen noch liefen, hätte Zobel den Turm niemals freigegeben. Aber falls doch ... auf jeden Fall ging das hier nicht mit rechten Dingen zu.

»Wer soll das sein, dieser Trusparin?«, wandte er sich wieder an den Söldner.

»Trasparan heißt seine Herrschaft. Mehr weiß ich nicht und interessiert mich auch nicht. Ich werde für das Bewachen bezahlt und nicht fürs Ausplaudern von Informationen.«

Der Hauptmann verzog sein Gesicht, als ob er gerade einen großen Becher Lebertran getrunken hätte. »Ist der Herr Trasparan zurzeit anwesend?«

»Ja, das ist er.«

»Na, dann...« Waster machte einen Schritt zur Eingangstür, doch die beiden Wachen verstellten ihm den Weg.

»Was fällt Ihnen ein! Ich bin Hauptmann der Stadtwache, lassen Sie mich gefälligst durch. Das ist sonst Widerstand gegen die Staatsgewalt.«

»Wenn Sie mit Herrn Trasparan sprechen wollen, dann warten Sie hier, ich werde ihn benachrichtigen.«

»Das ist doch uner...«

»Wen soll ich melden?«

»Ich bin Waster Wühlig, Hauptmann der Stadtwache von Moorin, wie ich es Ihnen bereits gesagt habe.«

Der Söldner verzog keine Miene, verschwand im Gebäude und schlug die Tür hinter sich zu. Waster kochte vor Wut. Durfte man so mit ihm umgehen? Was erlaubte sich dieser schmierige Kerl eigentlich? Der andere Söldner schaute gelangweilt zum Hauptmann hinüber und gähnte laut: »Nimm's nicht tragisch, Kumpel, so springt er mit jedem um.« Es dauerte einen Moment, bevor sich die Tür wieder öffnete. Wühlig blickte auf Wittelbroth hinab, der mit einer Hand den Rücken stützend im Türrahmen stand.

»Guten Tag, Herr Hauptmann! Was verschafft uns die Ehre Ihres Besuches?«, fragte der Gnom mit einem verkrampften Lächeln. Waster starrte ungläubig auf sein Gegenüber, ohne ein Wort zu sagen. Der Gnom räusperte sich ungeduldig.

»Ihr seid Trasparan, der Magier?!«, fragte Waster, der sein Erstaunen kaum verbergen konnte und gerade noch rechtzeitig die Magiern offiziell zustehende Höflichkeitsform verwandte.

»Nein, Herr Hauptmann, mein Name ist Wittelbroth. Ich bin der Diener und Schüler von Meister Trasparan. Was kann ich für Sie tun?«

Waster verdrehte innerlich die Augen. Weshalb gab es eigentlich diese dämliche Höflichkeitsform noch immer? Sie stand hohen Persönlichkeiten, wie Adligen, Hohepriestern oder Zauberermeistern zu. Für *Magierlehrlinge* dagegen bestand sie jedoch nicht. Waster der die Höflichkeitsform am liebsten per Reichsedikt außer Kraft gesetzt hätte, vermied sie stets, wo er nur konnte und so musste er sie wenigstens gegenüber diesem gnomischen Magierlehrling nicht anwenden.

»Ich möchte sofort mit Ihrem Meister sprechen, lassen Sie mich herein.«

»Wie Sie wünschen, kommen Sie bitte und folgen Sie mir. Aber treten Sie sich bitte vorher Ihre Schuhe ab, sonst beschmutzen Sie die teuren Teppiche.«

Wittelbroth wandte sich um und ging ins Gebäude zurück. Waster hingegen presste seine Schuhe in den schlammigen Boden und folgte dem Magierlehrling mit einem heiteren Schmunzeln. Er staunte nicht schlecht, als er den Empfangsraum betrat, denn das Zimmer hätte er beinahe nicht wiedererkannt. War es vorher schon edel eingerichtet gewesen, so protzte nun der neue Besitzer förmlich mit den kostbarsten Möbelstücken und Kunstgegenständen. Der Boden war mit prachtvollen Teppichen ausgelegt und an der Decke hing jetzt ein ausladender, goldener Kronleuchter. Glasvitrinen aus Ebenholz präsentierten silbernes Besteck, festliche Kandelaber und wertvoll aussehende Kristallgläser. Reichverzierte Tische und Kommoden waren überzogen mit feingliedrigen Seidenspitzendecken, an den Wänden waren die großformatigen Porträts durch wandfüllende Gemälde ersetzt worden. Von der vormaligen Möblierung konnte

Waster nur die Bücherregale, das Kanapee und die Polstermöbel ausmachen. Während er sich noch staunend umblickte, kam Trasparan die Stufen hinabgestiegen. Auf seiner Schulter saß ein stattlicher Rabe, der den Hauptmann mit aufmerksamen, schwarzen Augen musterte.

»Guten Tag, Herr Hauptmann, was verschafft mir die Ehre?« Würdevollen Schrittes trat der Magier in seiner prächtigen roten Robe näher. »Also, was kann ich für Sie tun?«

»Ich bin Waster Wühlig, Hauptmann der Stadtwache und Ihr seid Herr Trasparan, der neue ›Besitzer‹ des Turmes?«

»Ja, in der Tat. Sie sprechen mit keinem Geringeren als dem *Zaubermeister* Nosgar Trasparan.« Er wies auf einen Sessel. »Aber Sie brauchen doch nicht zu stehen, setzen Sie sich doch bitte. Wollen Sie etwas trinken – einen Wein vielleicht?«

›Du eingebildete, reiche Mumie, ich dreh dir gleich deinen spindeldürren Magierhals um‹, dachte Wühlig erbost. »Nein, danke – ich bin im Dienst«, sagte Waster so freundlich, wie er konnte.

»Aber natürlich«, erwiderte Trasparan, während er wie beiläufig einen seiner rubinbesetzten Ringe betrachtete, »wo habe ich nur meine Gedanken. Worüber wollten Sie denn nun mit mir sprechen?«

»Ja, äh, also eigentlich dürftet Ihr gar nicht hier sein.«

»Ich glaube, ich verstehe nicht ganz.«

»Wie Euch bekannt sein dürfte, ist der Magier, Ophit Almuthar, vor zwei Tagen in diesem Gebäude ermordet worden. Es handelt sich also hier um einen Tatort, der von niemandem betreten werden darf, solange die Ermittlungen noch laufen. Damit soll verhindert werden, dass keine Spuren verwischt werden, aber wie ich sehe, habt Ihr ganze Arbeit geleistet.«

»Oh, das tut mir aufrichtig Leid. Dass ich keine Änderungen vornehmen darf, davon hat mir der Stadtfürst gar nichts gesagt, als ich gestern Abend bei einem Glas Wein mit ihm zusammen saß. Er hatte mir gleich den Turm zum Kauf angeboten, als ich ihm von meiner Absicht erzählte, nach Moorin zu ziehen.«

Der Stadtfürst, natürlich! Waster konnte sich jetzt lebhaft vorstellen, wie die ganze Sache zustande gekommen war. Und Wein war sicherlich nicht das einzige, das in Mengen geflossen war. »Ahja, dann hat sich das ja geklärt. Ich würde Euch gerne noch etwas Gesellschaft leisten, aber ich muss mich leider verabschieden. Ich habe noch nach dem entflohenen Mörder von Ophit Almuthar zu fahnden ...«, Waster hielt sich beide Hände vor den Mund.

»Was sagten Sie da gerade? Der Mörder meines ehrenvollen Kollegen ist Ihnen entwischt?« Trasparan hob eine seiner Augenbrauen. »Dürfte ich erfahren, um wen es sich bei dem Mörder handelt?«

»Ausgeschlossen, ich bin nicht befugt, Euch Einblicke in laufende Ermittlungsarbeiten zu geben. Ihr wisst schon mehr als erlaubt.«

»Ich verstehe. Nun, dann werde ich eben den Stadtfürsten bei Gelegenheit danach fragen. Er hat mich ohnehin zu einem Diner eingeladen. Er war ganz verzückt, als er erfuhr, dass ich mich dazu entschlossen habe nach Moorin zu ziehen.«

»Das fehlte mir noch gerade«, flüsterte Wühlig zu sich selbst. »Kaum ist der eine tot, erscheint schon ein neuer Querulant.«

»Wie war das? Ich habe Sie nicht verstanden. Reden Sie bitte etwas lauter.« Der Magier trat näher.

»Oh, ich meinte nur: Was für ein Glück für Euch, dass gerade dieser Turm frei wird, als Ihr ...« Der Hauptmann hatte den Satz noch nicht beendet, als ihm etwas in den Sinn kam. Zwischen Trasparans Auftauchen in Moorin und Almuthars Tod bestand vermutlich ein Zusammenhang und zweifelsohne spielte der Turm hierbei eine Rolle. Ein Auftragsmord aus Habgier? Sollte der Fall wirklich so einfach sein? Aber warum nicht. Morde wurden schon aus weit geringeren Beweggründen begangen. Waster war sich sicher auf der richtigen Spur zu sein, auch wenn er erst noch Beweise sammeln musste, um Trasparan zu überführen. »Entschuldigt, aber da fällt mir eben was ein. Eventuell könntet Ihr mir in der Angelegenheit sogar weiterhelfen.«

»Inwiefern?«, wunderte sich Trasparan.

»Ihr erwähntet eben, dass der Ermordete ein Kollege von Euch war? Daher nehme ich an, dass Ihr ihn kanntet? Was könnt Ihr mir über ihn erzählen?« Waster zog ein Stück Pergament und einen Federkiel hervor, dessen Spitze er mit der Zunge befeuchtete.

»Also *kennen* wäre zuviel gesagt. Ich habe ihn – lassen Sie mich überlegen – zwei, drei Mal bei einem Symposium getroffen und kurz mit ihm geplaudert.«

»Und worüber?«

»Nehmen Sie es mir nicht übel, Herr Hauptmann, aber selbst wenn ich ernsthaft versuchen würde es Ihnen zu erklären, würden Sie es nicht verstehen.« Trasparan strich sich imaginären Staub von der Robe.

»Nun, ich wäre bereit, es drauf ankommen zu lassen«, konterte Waster die offensichtliche Provokation.

Der Magier schmunzelte. »So viel Zeit kann ich leider nicht erübrigen. Ich bin ein viel beschäftigter Mann und habe dementsprechend leider keine Zeit weitere Fragen zu beantworten.«

»Ich bin mir sicher, dass Ihr ... «

»Ich bitte Sie, Herr Hauptmann, ein anderes Mal vielleicht. Wittelbroth, bringe unseren Gast bitte zur Tür.«

›Keine Angst, ich werde dir schon auf die Schliche kommen‹, schwor Waster und steckte die Schreibutensilien wieder ein. »Macht Euch keine Mühe. Ich finde schon allein hinaus.« Wühlig verbeugte sich und begab sich zum Ausgang. »Dann eben ein andermal, Herr Trasparan. Ich werde zu gegebener Zeit auf Euch zurückkommen. Oh, nein«, tönte der Hauptmann mit einem Male, »seht nur, Euer Teppich ... das tut mir aber aufrichtig Leid, dass ich mit meinen dreckigen Stiefel ihn derart beschmutzt habe. Wie konnte das nur geschehen, wo ich sie doch so gründlich abgetreten habe?«

»Machen Sie sich keine Gedanken, Herr Hauptmann. Ich kann mir ja morgen einen neuen kaufen«, entgegnete der Magier süffisant. »Also, ich wünsche Ihnen dann noch einen schönen Tag«.

Als Waster wieder ins Freie trat, musste er erst ein paar Mal tief Luft holen und ein »Das kann doch alles nicht wahr sein« in seinen Bart brummeln. Sowie Zobel von seinem Termin zurück kam, würde Waster ihn informieren. Bestimmt war sein Vorgesetzter genauso wenig im Bilde, wie er es gewesen war. Ansonsten hätte der Oberst ihn doch unverzüglich unterrichtet.
Der Hauptmann ging zu seiner Mannschaft zurück und wies sie an, unter Blombergs Führung die Fahndung fortzusetzen. Dann machte er sich auf den Weg

Richtung Überwasserviertel, wo Doktor Qualbig, ihres Zeichens Mitglied der Chirurgischen Gesellschaft[5], obduzierte. Da der Tag ohnehin verdorben war – erstens durch den nächtlichen Ausbruch in der Stadtwache und zweitens durch die Unterredung mit Trasparan – ließ er sich während des langen Marsches in Gedanken über seinen Vorgesetzten aus, der ausgerechnet darauf bestanden hatte, diese Medica mit der Obduktion zu betrauen. Waster hielt Dr. Qualbig für eine kauzige, eitle Gnomin mit einem Stundensatz, der in gleicher Weise wie ihre Selbsteinschätzung völlig überhöht war. Und als ob das nicht reichte, hatte sie ihr Laboratorium genau am anderen Ende der Stadt. Ein deutliches Indiz dafür, dass Oberst Zobel vielleicht ein gebildeter Mann sein mochte, aber überhaupt kein Gefühl für grundlegende praktische Zusammenhänge hatte.

Waster malte sich aus, wie Almuthars Leiche eine Stunde lang bäuchlings (um die Dolchwunde im Rücken nicht zu quetschen) in dem Transportsarg durchgerüttelt wurde, während die Droschke über das Stadtpflaster und die Breda-Brücken holperte. Danach hatte Dr. Qualbig den für den Giftnachweis benötigten Mageninhalt sehr wahrscheinlich vom Sargboden aufkratzen müssen. Eine amüsante Vor-

---

5 Die **Chirurgische Gesellschaft von Moorin** ist eine untergeordnete Sektion der Medicus-Gilde, die sich der humananatomischen Forschung verschrieben hat. Das berühmte Anatomische Theater von Moorin ist Aus- und Fortbildungsstätte der Mitglieder. In dem runden Kuppelbau, der mit seinen gestuften Sitzreihen einem antiken Theater nachempfunden ist, tagt auch der Ältestenrat und entscheidet u.a. über die Aufnahme neuer Mitglieder.

stellung, die es schaffte, Wasters Gemüt bis zur Ankunft beim Institut doch wieder etwas aufzuhellen.

»Wen darf ich melden?«, fragte ein junger, schlaksiger Assistent, der in Qualbigs Vorzimmer trat und den Waster noch nicht kannte.

»Sie sind wohl neu hier, was? Ich bin Hauptmann Wühlig von der Mooriner Stadtwache.«

»Ach, das sind Sie? Frau Doktor wartet schon. Folgen Sie mir.«

Waster musste einen Würgereiz unterdrücken, als er das Laboratorium betrat. Die Luft war geschwängert von Chemikalien und anderen Gerüchen, über deren Herkunft Waster erst gar nicht nachdenken wollte. Doktor Qualbig stand an einem niedrigen Seziertisch und legte das Skalpell aus der Hand, als Waster den Raum betrat.

»Ah, Herr Hauptmann.« Neben Almuthars massigem Körper wirkte die Gnomin noch kleiner als sie ohnehin schon war.

Waster nickte schwach und versuchte, Qualbig statt der Organe anzuschauen, die sie neben der Leiche in Schüsseln deponiert hatte. Qualbig hatte ihre weißen Haare (für Gnome sehr ungewöhnlich) nach hinten gebunden, was angesichts der großen Ohren ein wenig lächerlich aussah. Aus den zahlreichen Taschen ihres Kittels lugten blutige Instrumente hervor.

»Wen haben Sie mir denn da vorgesetzt, Wühlig? Ich hatte ja schon einige Persönlichkeiten auf dem Tisch, aber bislang noch keinen so hochrangigen Magier.«

»Ich habe damit nichts zu tun, mein Alibi ist wasserdicht. Apropos, wo waren Sie eigentlich gestern Vormittag?«

»Haha, Sie sind wirklich amüsant, Wühlig! Die hohen Herren lassen sich wirklich zu selten um die Ecke bringen, was? Ach, was machen Sie denn für ein Gesicht, Herr Hauptmann. Ist Ihnen nicht gut?«

Waster brummte etwas von einem langen Tag und wenig Schlaf und versuchte, das Gespräch in eine fruchtbarere Richtung zu bringen.

»Was ich herausgefunden habe? Also, dass der Tote vergiftet wurde, wussten Sie ja bestimmt schon?«

»Und erdolcht«, fügte Waster hinzu.

»Nun ja, der Dolch wurde post mortem eingestochen. Das heißt, dass er zu diesem Zeitpunkt schon tot war. Da wollte wohl noch jemand auf Nummer sicher gehen, wie?«

›Ich weiß schon, was *post mortem* heißt, Sie Schlauberger‹, ärgerte sich Wühlig insgeheim und antwortete: »Wir hatten bereits ein paar Verdachtsmomente, dass Kareen-Gift im Tee zum Tod geführt hat.«

»Erstaunlich, erstaunlich, Herr Hauptmann! Ihre Idee? Woran haben Sie's erkannt? An den Äderchen im Auge etwa? Ja, dann kommen Sie doch mal hier herum, ich zeige Ihnen was.« Mit der linken öffnete die Gnomin den Hautlappen über der Bauchhöhle und griff mit der rechten hinein, um den Magen hinauszuheben. Waster sog scharf die Luft ein. »Sehen Sie, hier, ganz phantastisch, wie im Lehrbuch. Gleich hier, am *Antrum pyloricum*, zwischen Magen und Zwölffingerdarm – dieser grüne Ring hier.«

»Ahja ... ja, und was heißt das nun?«

»Nicht so ungeduldig, Herr Hauptmann. Also: Äderungen im Auge können auch von Krankheiten und anderen Giften verfärbt werden, klar soweit? Tatsächlich lässt sich Kareen-Gift nur zuverlässig mit der Kelim-Methode nachweisen, was leider um die zwölf Tage dauern würde. Aber wir haben Glück, die Dosierung war offensichtlich so hoch, dass wir hier einen eindeutigen Befund haben, der so nur bei Kareen-Gift auftritt.«

»Ach, äh und das – das ist dieser kleine grüne Ring da, ja?« Waster musste sich für einen Moment an dem Seziertisch aufstützen, um das Gleichgewicht zu behalten.

»Ja, ganz eindeutig! Ihr Mörder hat da ziemlich sauber extrahiertes, hoch konzentriertes Kareen-Gift verwendet. Ich sage ja, da wollte jemand auf Nummer sicher gehen. Schon der erste Schluck vom Tee hat vermutlich zum Exitus geführt ... Herr Hauptmann? Sind Sie sicher, dass Sie in Ordnung sind?«

»Wo, wo kriegt man Kareen-Gift in dieser Qualität?«

»Ganz schwierig, Herr Hauptmann. Ist so giftig, dass die meisten Kareen-Giftmischer über kurz oder lang ...« Sie machte eine eindeutige Handbewegung. »In Spuren, müssen Sie wissen, erzeugt das Nervengift Lähmungen und Gedächtnisstörungen bis hin zur völligen geistigen Umnachtung. Da reicht es, wenn Sie von dem bläulichen Pulver ein paar Körnchen zufällig einatmen.«

»Aber dann muss man doch völlig verrückt sein, so etwas herzustellen oder zu handeln!« Waster musste sich den kalten Schweiß von der Stirn tupfen.

»Tja, ich nehme an, dass die hohe Gewinnspanne einfach zu verlockend ist. Es gibt ja kaum Gifte, die völlig geschmacks- und geruchlos sind und noch dazu so schnell zum Tod führen.«

»Äh ... kann dieses Gift auch verzögert zum Tode führen? Zum Beispiel, wenn es in geringen Mengen in die Blutbahn gelangt?« Der Hauptmann inspizierte besorgt die verschorfte Bisswunde an seinem Finger, die ihm das Wiesel zugefügt und die er im Tee des Ermordeten gekühlt hatte.

»Nein, dass ist nicht sehr wahrscheinlich.«

»Was meinen Sie mit *nicht sehr wahrscheinlich*? Es liegt also auch im Bereich des Möglichen?« Waster merkte, wie sein Blutdruck weiter nach unten sackte.

»Oh, sie haben wirklich eine scharfe Auffassungsgabe, Herr Hauptmann. Ich habe mich da wohl wirklich nicht korrekt ausgedrückt. Wenn das Gift erst einmal in die Blutbahn gelangt ist, wirkt es sofort und nicht verzögert. Warum fragen Sie? Herr Hauptmann, geht es Ihnen wirklich gut?«

»Ja, ja. Alles bestens. Ich wollte das einfach nur mal aus reinem Interesse wissen.«

»Freut mich, dass Sie so wissbegierig sind. Kareen-Gift ist wirklich einzigartig. Und, ich vergaß, es weißt überdies noch eine andere spezifische Eigenschaft aus. Es behält seine absolute Wirksamkeit bei den gängigen Schutzzaubern.«

»Perfekt für einen Magiermord«, flüsterte Waster mehr zu sich selbst.

»Ja, wenn man es aus diesem Blickwinkel betrachtet ... bevor ich es vergesse, ich habe da noch etwas Interessantes, das ich Ihnen zeigen wollte.«

»Ach, schreiben Sie es doch bitte in den Bericht. Ich muss jetzt unbedingt los; habe noch einen wichtigen Termin.«

Als Waster Qualbigs Labor verlassen hatte, musste er zunächst in die nächste Destille auf einen starken

Magenbitter einkehren[6]. Eine halbe Stunde später hatte er wieder ein wenig Farbe im Gesicht und konnte den Rückweg in die Stadtwache antreten. Eine Magierleiche, zwei geflohene Gefangene und mehrere unausgegorene Ermittlungsansätze – das würde ein langer Tag werden.

---

6 Waster war sich bewusst, dass er damit gegen § 5a der Mooriner Stadtwachenverordnung (MOR StWO) verstieß, der jeglichen Alkoholkonsum während der Dienstzeit untersagte. Doch in Anbetracht seines Unwohlseins, war er ausnahmsweise dazu bereit, behördlichen Ungehorsam zu begehen.

7. Wahrheiten

Langsam wich das Schwarz vor Aazarus' Augen. Er fühlte, wie er heftig durchgeschüttelt wurde und irgendetwas seine Beine fest umklammert hielt.

»Wo bin ich?«

»Ah! Zum Glück bist du wieder wach, Kleiner«, antwortete eine keuchende Stimme. »Dann kann ich dich endlich absetzen. Du wirst mir allmählich zu schwer.«

Kralle stellte Aazarus auf seine wackligen Beine und legte sich erschöpft auf das Pflaster der Straße. Sichtlich erleichtert schnappte er nach Luft.

»Da sind sie, Chef, da hinten!«, brüllte jemand die Straße hinunter.
»So ein Mist! Komm schon, hör' auf zu trödeln«. Kralle rappelte sich wieder auf und zog den desorientierten Halbling mit sich.

»Was ist denn passiert? Wo willst du hin?«

Aazarus erhielt keine Antwort. Kralle zerrte ihn durch die verwinkelten Gassen der Altstadt bis in einen Hinterhof zu einem zerfallenen Gemäuer. Durch ein hohles Fenster kletterten sie in die Ruine hinein. Licht fiel durch den brüchigen Dachstuhl auf die wüsten Reste dessen, was mal ein Schankraum gewesen war. Kralle ging zielstrebig auf eine Zimmerecke zu und entfernte dort die losen Dielen. Darunter öffnete sich ein Schacht, dessen Ende sich im Dunkel verlor. Aus seinem Rucksack holte Kralle eine kleine Öllampe hervor, entzündete sie und machte Aazarus mit einem Wink verständlich, dass er ihm folgen sollte. Misstrauisch beäugte der Halbling den schwarzen Schlund. Auch die rostigen Eisenstangen, die an seiner Seite als Abstiegshilfe angebracht waren, erweckten in ihm kein allzu großes Vertrauen.

»Wenn du glaubst, dass ich *da* runter steige, dann hast du dich aber geirrt«, beteuerte Aazarus mit ernstem Tonfall.

»Wenn du glaubst, du wärst draußen sicherer vor Sense und Renck, dann kannst du gerne hier oben bleiben«, erwiderte Kralle und verschwand in der Tiefe.

Nervös sah der Halbling ihm hinterher, und es dauerte einen Moment, bis er sich überwinden konnte Kralle zu folgen. Zögernd nahm er eine Sprosse nach der anderen, bis er wieder festen Boden unter seinen Füßen spürte.

»Na, hast es dir wohl doch anders überlegt, Kleiner?«, grinste Kralle mit einem breiten Lächeln. »Komm, wir sind gleich da.«

»Wo sind wir gleich?«

»In meinem geheimen Unterschlupf. Hier bin ich oft, wenn ich mal etwas Ruhe und Abstand vor Sense und Renck brauche. Es wird dir gefallen, du wirst schon sehen!«

Beide folgten dem vom Schacht abgehenden Tunnel und gelangten nach kurzer Zeit in einen kleinen Raum.

»Da sind wir. Das war hier einmal die Vorratskammer des Wirtshauses ›Zum lachenden Dritten‹. Ist nach einem Blitzeinschlag zum größten Teil abgebrannt.«

Aazarus fand sich in einem Kellerraum wieder, dem die Worte *jämmerlich* oder *trostlos* wohl am nächsten kamen. Die Gefängniszelle der Stadtwache schien dem Halbling im Nachhinein gar nicht mehr so fürchterlich. Die steinernen Wände dieser Unterkunft waren mehr als feucht und boten den Schimmelpilzen an der Decke eine optimale Umgebung. An der einen Wand waren einige morsche Bretter notdürftig zu einer Art *Tisch* zusammen genagelt und als Kralle mit der Lampe daran vorbeiging, flüchtete eine fette Ratte ins Dunkel, die sich an einem danebenliegenden Haufen alter Essensreste gütlich getan hatte. In der hintersten Ecke des Raumes bildete eine dürftige Ansammlung von Stroh und eine dreckige, mottenzerfressene Decke ein primitives Nachtlager, das höchstwahrscheinlich jede Nacht als Aufmarschgebiet ganzer Floh- und Wanzenheerscharen diente, die denjenigen piesackten, der sich ernsthaft zutraute, darauf zu schlafen. Angeekelt hockte sich Aazarus auf eine große Holzkiste und vermied es, den verdreckten Boden mit seinen Füßen zu berühren.

»Klein, aber mein!«, bemerkte Kralle und wand sich mit einem erwartungsvollen Blick an Aazarus.

›Ohje, wie traurig‹, dachte der Halbling betrübt. Dennoch lächelte er aufmunternd, schließlich wusste er, was Anstand bedeutete.

»Hier sind wir erst einmal in Sicherheit. Sense und Renck kennen diesen Raum nicht«, meinte Kralle und zog sich erleichtert den schweren Rucksack von der Schulter.

›Die Glücklichen‹, dachte Aazarus zynisch.

»Wir bleiben am besten einige Tage hier und verschwinden dann aus der Stadt. Was hältst du davon, Kleiner!?«

Der Halbling schaute verdrossen zu dem jungen Mann hinüber. »Ich heiße im Übrigen Aazarus Lichtkind und nicht Kleiner.« Es folgten einige Minuten Stille, in denen beide ihren Gedanken nachhingen.

»Was ist eigentlich vorhin geschehen, als ich am Seil hing? Ich kann mich nur noch erinnern, dass ich hinab gefallen bin und dann war alles schwarz um mich herum.«

»Sense hat das Seil zerschnitten, und du bist nach unten gestürzt. Ich konnte gerade noch schnell genug reagieren und dich auffangen, Klei... – ähm – ich meine Aazarus«, betonte Kralle mit einem heroischen Unterton. »Ich habe mir fast dabei den Rücken verrenkt. Weißt du, dass du ganz schön schwer bist für deine Größe?«

Während Kralle redete, versuchte der Halbling sich das Geschehen bildlich vorzustellen. »Was geschah dann?«

»Du warst komplett weggetreten. Keine einzige Regung. Da habe ich dich getragen, während mich Sense und Renck durch die halbe Stadt verfolgten. War ganz schön anstrengend, das kannst du mir glauben! Wärst du etwas später wieder zu Bewusstsein gekommen, hätten sie uns bestimmt geschnappt.«

Aazarus ging zu Kralle hinüber, der es sich auf seinem muffigen Strohlager bequem gemacht hatte, und streckte ihm die Hand entgegen. Der junge Mann, der offensichtlich nichts mit der Geste anzufangen wusste, sah ihn verständnislos an.

»Was willst du von mir?«, fragte er unsicher und musterte die Hand misstrauisch.

»Ich möchte mich bei dir bedanken, was sonst?«, erwiderte Aazarus und ergriff die Hand, um sie zu schütteln. »Du hast mir das Leben gerettet, das werde ich dir nie vergessen.«

Kralle bekam ein knallrotes Gesicht.

»Aber sag mal, wie ist eigentlich dein richtiger Name? Du heißt doch gewiss nicht Kralle, oder?«

»Nein, natürlich nicht. Mein richtiger Name ist Koron ... aber alle nennen mich nur Kralle.«

»Und wie alt bist du? Du siehst noch ziemlich jung aus«, fragte der Halbling weiter, in der Hoffnung noch etwas mehr über sein Gegenüber zu erfahren.

»Ich weiß nicht, was dich das angeht!?«, brummte Kralle verärgert. »Du siehst ja auch nicht gerade alt aus!«

»Entschuldige. Ich wollte dich nicht verärgern. Ich dachte ... so unter Freunden ...«

»Unter Freunden? Wie meinst du das? Das glaubst du doch selbst nicht!«

»Na, nach allem, was geschehen ist? Du hast mich gerettet und in deinen geheimen Unterschlupf gebracht.«

Kralle schwieg. Stumm saß er auf seiner löchrigen Wolldecke und umklammerte mit seinen Armen die beiden Knie. Eine Weile starrte er ins Nichts, dann breitete sich ein schelmisches Grinsen in seinem Gesicht aus. »Ich hatte einfach nur Mitleid. Genau. Darum habe ich das für dich getan.«

»Mitleid, aha«, sprach der Halbling leise zu sich selbst und kramte in seinem Rucksack nach etwas

Essbarem. »Nun gut, dann schlage ich vor, wir ruhen uns ein wenig aus, wenn du nichts dagegen hast?«

Kralle wickelte sich in seine Decke und antwortete nicht. Aazarus schaute traurig zu ihm hinüber und vermied es, etwas Weiteres zu sagen. Auch den ganzen weiteren Tag hinüber sprachen sie kaum ein Wort miteinander und legten sich schon früh und erschöpft zur Ruhe.

Es war bereits Abend geworden und Waster Wühlig hockte mürrisch in seinem Arbeitszimmer vor einem leeren Notizblock und einer gerade erst entkorkten Weinflasche.

Nachdem er sich ein Glas eingeschenkt hatte, nahm er die Feder zur Hand und zog eine senkrechte Linie entlang der Blattmitte. Die linke Hälfte überschrieb er mit *Akteure*. Darunter notierte er:
Ermordet: Ophit Almuthar, exzentrischer Großerzmagier und Vorsitzender der Zauberergilde

Unter der Überschrift *Verdächtige* führte er auf: *Halbling Aazarus Lichtkind, Langfinger und Auftragsmörder (?), gewitzt, seit gestern Abend auf der Flucht. Zusammen mit Sense? Komplizen?*

Als nächstes folgte der Name *Nosgar Trasparan*. Widerwillig brachte Waster sich das Gespräch mit dem Magier in Erinnerung.

Neu in Moorin. Sogleich im Besitz von Almuthars Turm und unterhält Söldner! Gab er den Mord an O.A. in Auftrag, um an den Turm und die Wertsachen von Almuthar zu kommen?

Nach ein paar Minuten fruchtloser Gedankengänge schalt er sich, dass er um die Zeit überhaupt noch auf der Wache saß und nicht längst sein verdientes Abendbrot im Nußbaum einnahm. Aber diese Aufstellung wollte er heute Abend noch zu Ende bringen. Lustlos tupfte er die Feder in das Tintenfässchen und schrieb über die rechte Spalte *Beweisstücke*.

Darunter notierte er: *Tatwerkzeuge*

Kareen-Gift => Händler ausfindig machen, Käufer eingrenzen

Surischer Dolch => Händler oder Schmiede ausfindig machen

Was war das noch gleich für ein Dolch gewesen? Er holte ihn aus einem Umschlag und öffnete die Akte „Almuthar". Vor einer Stunde hatte er den Dolch und Qualbigs vorläufigen Bericht per Eilboten erhalten. Er blätterte nicht lang und hatte die Stelle vor sich:

»Schmuckvoller surischer Kleindolch, vermutlich Einzelanfertigung. Eingeschlagenes Klingenzeichen eines Fisches. Abgegriffener, kantiger Wurzelholzgriff, Dreilagen-Stahl mit Ziselierungen, auf beiden Schneiden mehrfach unfachmännisch nachgeschliffen. Klingenlänge knapp 12 cm, Klingendicke ca. 2,5 mm.«

Wasters Stirn legte sich in Falten, während er das Messer begutachtete. Da passte doch etwas nicht zusammen. Kostbare Schmuckdolche waren eigentlich nur Repräsentationsobjekte, aber dieser hatte Gebrauchsspuren, war regelrecht abgenutzt und nachgeschliffen worden. Er vermutete, dass der Dolch aus einem Diebstahl stammte und so an den Mörder gelangt war. Dafür sprach der respektlose Alltagsgebrauch und die laienhafte Nachschleifung. Aber warum hatte ihn der Täter am Tatort zurückgelassen? Es bestand zumindest eine gewisse Chance, die Herkunft zu klären. Damit würde er gleich morgen Blomberg beauftragen. Aber dann war da ja auch noch das Gift. Warum hatte der Täter den toten Magier danach auch noch erdolcht? Hatte er möglicherweise Sorge vor einem nekromantischen Zauber wie in der Casparathos-Sage? Wenn doch dieses Wiesel sprechen könnte! Es hatte vermutlich alles beobachtet. Wühlig legte den Federkiel aus der Hand und öffnete eine der vielen kleinen Schubladen seines Schreibtisches. Hatte er hier nicht den kleinen drachenförmigen Schlüssel hinein getan, den er dem Tier abgenommen hatte? Nervös wühlte er auch die darunter liegenden Schubladen durch, ohne Erfolg.

»Wo ist dieser verflixte Anhänger bloß?«, schimpfte er laut vor sich hin. »Ich weiß ganz genau, dass ich es mit den Sachen von diesem Halbling in diese Schublade ge... «, Waster stockte und seine Miene verfinsterte sich. »Dieser kleine, teuflische Mistkerl! Er hat ihn mitgenommen!«

KAWUMMM!!!

Der Hauptmann fiel fast von seinem Stuhl, als eine gewaltige Explosion die Stille der Dämmerung durchbrach. Sogleich stürmte er zum Fenster. Eine schwarze Rauchwolke stieg aus dem Turm des ermordeten Erzmagiers in den Himmel. »Bei allen Göttern, was ist das denn?«, schrie Wühlig mit erhitzten Kopf. »Diese abscheulichen Magier. Oh, wie ich sie hasse. Na warte Bürschchen, dir werde ich Feuer unter dem Hintern machen!«, prophezeite der Hauptmann und stürmte aus seinem Büro.

Wittelbroth kam hinter einem umgestürzten Tisch hervor. Sein Gesicht war vollkommen von Ruß bedeckt und seine angesengten Haare qualmten. Vereinzelt fiel Putz von der Decke in den verwüsteten Raum, in dem hunderte von verkohlten Buchseiten in der Luft wiegten. Der Kronleuchter schwankte in der stickigen Luft hin und her und verteilte den auf seinen Armen angehäuften Staub. Sämtliche Möbel des Arbeitszimmers waren von der Explosion umgeworfen worden, Bilder und Gemälde von der Wand gefallen. Die gläsernen Instrumente waren durch die energiegeladene Druckwelle regelrecht explodiert. Ihre spärlichen Reste lagen verteilt auf dem Boden. Nosgar Trasparan lugte vorsichtig in den zertrümmerten Raum hinein.

»Und?! Ist sie offen!?«, fragte er hoffnungsvoll.

»Ich weiß es nicht, Meister«, hustete der Gnom und ging zu einer Metallkiste hinüber, die anscheinend völlig unbeschadet in der Mitte des Zimmers stand.

»Mach schon, los«, befahl der Magier, »diesmal muss es geklappt haben! Ich habe das ganze Pulver verwendet.«

Der Gnom versuchte den Deckel mit aller Kraft aufzustemmen. Aber vergeblich, er rührte sich nicht einen Millimeter.

»Das kann doch nicht wahr sein!«, fluchte Trasparan erbost und trat nach dem Rest eines Buchrückens. »Jeder Zauber und jedes Pulver hat versagt! Was ist das bloß für eine Schutzrune?«

»Aufmachen! Im Namen des Gesetzes!«, pochte es plötzlich von der Eingangstür. »Hier spricht Hauptmann Wühlig von der Stadtwache. Macht auf, das ist ein Befehl!«

Unverzüglich griff sich Trasparan die schwere Kiste und schleifte sie hinter die Trümmer eines Schrankes. Der Gnom seinerseits hetzte die Treppe hinunter und öffnete dem grimmigen Hauptmann. Dieser stand vollgerüstet auf der Türschwelle – hinter ihm zehn Wachmänner, die die Söldner des Magiers offensichtlich entwaffnet und gefesselt hatten. Auf dem Markt-platz vor dem Turm hatte sich eine Schar Schaulusti-ger versammelt, die durch die Explosion angelockt worden waren. Alles blickte gespannt zu dem Gebäu-de hinüber. Wühlig hingegen starrte perplex auf den Gnom hinunter, der mit einem kohlrabenschwarzen Gesicht und dampfendem Haar lächelnd im Türrah-men stand.

»Guten Abend, Herr Hauptmann, was verschafft uns die Ehre Ihres späten Besuches?«

»Wie sehen Sie denn aus? Was ist mit Ihnen gesche-hen?«

Der Gnom sah an seiner verkohlten und zerrissenen Kleidung hinab. »Ähm, also nun ... wie soll ich Ihnen das erklären?«

»Stehen Sie mir nicht im Weg. Wo ist der Magier?«, unterbrach Wühlig den Gnom, den er sanft, aber be-stimmt zur Seite schob. Er betrat das Empfangszim-mer im Parterre und ließ sein Blick durch den gesam-ten Raum gleiten.

»Was hat Ihr Eindringen zu bedeuten?!«, brummte Nosgar Trasparan, der die Treppe hinunter geschrit-ten kam. »Wo sind meine Söldner?«
»Die habe ich vorsichtshalber aus dem Verkehr gezo-gen. Sagt mir lieber, welche Schändlichkeiten Ihr hier anstellt, dass die gesamte Stadt gebebt hat? Was für eine Teufelei treibt Ihr hier bloß, die die Bevölkerung beunruhigt? Ich verlange nach einer Antwort und

zwar sofort!«, forderte der Hauptmann, der nun unmittelbar vor dem Magier stand.

Trasparan blieb stumm, wandte sich von Wühlig ab und nahm in einem der großen Sessel platz. »Das war eine unvorhersehbare und völlig überraschende Reaktion eines alchemistischen Experiments. Irgendetwas muss schief gelaufen sein.«

»Irgendetwas muss schief gelaufen sein!?«, brüllte Waster aus vollen Hals. »Ich glaube, Ihr wollt mich auf dem Arm nehmen! Was Ihr hier auch immer treibt, Ihr werdet sofort damit aufhören, habt Ihr mich verstanden!? Sollte ich noch einmal nur eine einzige Beschwerde über Euch erhalten, werdet Ihr verhaftet. Habe ich mich deutlich genug ausgedrückt!?«

Trasparan blieb völlig unbeeindruckt. Amüsiert beobachtete er den Hauptmann, dessen Brustkorb bebte.

»Sie brauchen nicht so zu schreien, ich bin nicht schwerhörig. Und im Übrigen lasse ich mich nicht von Ihnen zurecht weisen. Ich bin ein angesehener Magier der Zauberergilde und erhalte von niemandem Befehle.«

»Ich bin dafür zuständig, Recht und Ordnung sowie den Schutz der Bürger in dieser Stadt zu wahren. Und ich werde jeden, der sich nicht daran hält, unverzüglich mit allen mir zur Verfügung stehenden Mitteln in den Kerker werfen.«

»Das ist doch unerhört! Ich werde mich bei Ihrem Vorgesetzten beschweren! Sie werden Ihren Posten verlieren und zwar schneller als Sie glauben!«, drohte Trasparan nun auch seinerseits nicht mehr in ruhigem Tonfall.

Sein Rabe erhob sich krächzend in die Luft und schoss bedrohlich dicht an Wasters Kopf vorbei. Der Hauptmann und der Magier standen sich nun so nahe gegenüber, dass ihre Nasen nur wenige Zentimeter voneinander getrennt waren. Jeder der beiden war bis auf das Äußerste gereizt. Keiner der Wachmänner oder gar Wittelbroth hätten es gewagt, in diesem Moment etwas zu sagen oder sich sonst wie einzumischen. Es sei denn, man wünschte sich, in eine Maus verwandelt oder für unvorhersehbare Zeit in einen dunklen Kerker gesperrt zu werden. Genau in diesem Augenblick durchschnitt eine hitzige Stimme die angespannte Stille des Raumes.

»Platz da! Aus dem Weg sag' ich!«

Oberst Zobel betrat schnellen Schrittes das Zimmer. Die Wachmänner salutierten. Hauptmann Wühlig und Nosgar Trasparan hingegen bemerkten ihn gar nicht. Der Oberst beobachtete irritiert eine Zeit lang die beiden Streithähne, bis er schließlich das Wort ergriff.

»Was ist denn hier los!? Hauptmann Wühlig, erklären Sie mir das bitte!«

Waster wurde wie aus einem Traum gerissen. Als er realisierte, wer sich im Zimmer befand, salutierte auch er. »Herr Oberst, entschuldigen Sie, ich habe Sie nicht bemerkt.«

»Schon gut, Herr Hauptmann, sagen Sie mir lieber, was hier vorgeht!«

»Zu Befehl! Wie Sie bestimmt bemerkt haben, gab es vorhin eine gewaltige Explosion. Auslöser dieses Vorfalls war dieser Magier hier.« Waster wies mit einem griesgrämigen Blick auf Trasparan.

»Das ist Nosgar Trasparan, Wühlig, und nicht irgendein Magier«, tadelte ihn der Oberst.

»Ich muss schon sagen, Herr Oberst Zobel«, mischte sich nun Trasparan ins Gespräch, »bei allem nötigen Respekt, aber die Manieren Ihrer Wachmannschaft lassen wirklich zu wünschen übrig. Nicht nur, dass sie meine Söldner verhaften, nein da werde ich auch von Ihrem Hauptmann in meinem Haus auf das Übelste beschimpft und bedroht. Das ist wirklich unerhört!«

»Bitte verzeiht vielmals, ich werde alles wieder ins rechte Lot bringen«, entschuldigte sich Zobel kleinlaut.

»Das will ich auch schwer hoffen!«

Hauptmann Wühlig verstand die Welt nicht mehr. Sein Vorgesetzter kannte Trasparan offensichtlich doch schon und ließ sich von ihm auch noch herumkommandieren. Vollkommen verwirrt musste Waster mit anhören, wie Zobel den Befehl gab, Trasparans Söldner frei zu lassen und die Patrouille in die Stadtwache zurückzuschicken. Danach gebot er Waster, vor der Tür auf ihn zu warten. Wühlig befolgte die Anweisung umgehend, obwohl er das Gefühl nicht unterdrücken konnte, die Welt stünde Kopf. Während er sich auf dem Marktplatz befand, wurde er von Hunderten von Menschen angestarrt, die gespannt darauf warteten, was wohl als nächstes geschehen würde.

Waster hätte zu gerne gewusst, was der Oberst und der Magier gerade miteinander besprachen. Es dauerte noch eine ganze Weile, bis Zobel das Gebäude verließ und sein Gesichtsausdruck verhieß für den Hauptmann nichts Gutes.

»Da haben Sie mich und die gesamte Stadtwache in eine sehr prekäre Situation gebracht, Wühlig, Sie Trampel!«, schimpfte der Oberst und zerrte den Hauptmann auf die Rückseite des Turmes, weg vom belebten Marktplatz. »Wie konnten Sie es wagen Nosgar Trasparan anzubrüllen?! Sie scheinen nicht zu wissen, wer das ist!«

»Nein, Herr Oberst«, gestand Wühlig.

»Er ist der Vorsitzende der Zauberergilde«, belehrte ihn Zobel mit erhobenem Drohfinger.

»Soll das etwa bedeuten, dieser Trasparan hat den Posten des toten Almuthar übernommen?«

»Ja, Sie Trottel«, brüllte der Oberst aus vollen Halse, »das sollten Sie eigentlich wissen! Die ganze Stadt hat schon davon gehört. Nur Sie anscheinend noch nicht! Ich hatte Mühe, Herrn Trasparan wieder zu beruhigen. Er war sehr erbost über Ihr Verhalten, das können Sie mir glauben! Aber zum Glück hatte ich Erfolg. Herr Trasparan möchte noch einmal ein Auge zudrücken und wird keine weiteren Schritte gegen mich oder Sie einleiten. Ich hoffe Sie wissen, dass Sie mir nun einiges schuldig sind!?«

»Jawohl, Herr Oberst, ich danke Ihnen vielmals, Herr Oberst!«

»Nun lassen Sie uns aber schleunigst von hier verschwinden, Wühlig«, seufzte Zobel und massierte sich mit geschlossenen Augen die Schläfen.

Waster drängte die auf dem Marktplatz versammelten Leute zur Seite, um seinem Vorgesetzten Platz zu machen. Als beide schweigend schon den halben Weg zur Wache hinter sich gelassen hatten, wandte sich Zobel ruckartig an den Hauptmann, als ob ihm gerade etwas sehr Wichtiges wieder eingefallen wäre.

»Ach, Wühlig, was ist denn nun eigentlich mit den Flüchtigen? Ich gehe davon aus, die sind schon wieder hinter Schloss und Riegel?«

Waster schaute nur wie ein kleiner Junge, der von seinem Lehrer beim Abschreiben erwischt worden war.

»Hauptmann Wühlig«, entgegnete der Oberst ernst, »Sie machen mir in letzter Zeit nur noch Kummer. Sie müssen sie so schnell wie möglich wieder einfangen. Herr Trasparan hat von dem Vorfall des Ausbruchs irgendwie Wind bekommen. Auch weiß er, dass einer der Entlaufenen unter dringendem Tatverdacht steht, Ophit Almuthar ermordet zu haben. Er besteht auf eine sofortige Verurteilung des Burschen.«

»Jawohl, Herr Oberst, ich werde mein Bestes tun.«

»Das habe ich befürchtet«, murrte Zobel und dachte eine Weile angestrengt nach. »Wie hat Trasparan bloß davon erfahren?«

»Keine Ahnung Herr Oberst«, log Waster mit gekreuzten Fingern, »ist mir genauso schleierhaft wie Ihnen.«

»Haben Sie in dem Fall überhaupt schon irgendwelche Erkenntnisse erlangen können? In welchem Verhältnis stehen eigentlich dieser Halbling und Ophit Almuthar zueinander?«

»Nun wir können mit sehr großer Wahrscheinlichkeit davon ausgehen, dass es sich um einen Auftragsmord handelte. Täter und Opfer kannten sich nicht, standen somit in keinem persönlichen oder anderen Verhältnis zueinander.«

»Auftragsmord? Und warum erfahre ich davon erst jetzt?« Zobel spitzte seine Lippen. »Wie Sie wissen, Herr Hauptmann, bin ich im Mordfall Almuthar jederzeit und sofort über den neusten Verfahrensstand zu unterrichten. Also klären Sie mich bitte auf.«

»Ich wollte Ihnen die Akte morgen früh ins Fach legen«, erklärte Waster. »Die Erkenntnislage ist sozusagen brandaktuell.«

»Ja, ja schon gut. Und was haben Sie nun *Brandaktuelles* heraus gefunden? Kennen wir den Auftraggeber? Hat der Halbling Ihnen den Namen genannt?«

»Nein, hat er nicht. Aber das war auch nicht nötig, denn die Sache ist ganz offensichtlich.«

»Ist sie das? Da bin ich jetzt gespannt.«

»Es ist davon auszugehen, dass es sich bei dem Auftraggeber um den Magier Nosgar Trasparan handelt.«

Der Oberst blieb wie angewurzelt stehen und seufzte. Dann strich er sich mehrmals über seinen Bart, bevor er sich schließlich mit einem gequälten Gesichtsausdruck an Wühlig wandte. »Das ist eine sehr schwerwiegende Anschuldigung. Daher hoffe ich, Sie besitzen stichhaltige Beweise und nicht bloß haltlose Vermutungen.«

»Ich ... also ... Beweise habe ich nicht direkt, doch ist ... «

Zobel verdrehte die Augen. »Herr Hauptmann, ich bitte Sie ... nein, ich *untersage* Ihnen Mutmaßungen aufzustellen, insbesondere wenn sie Herrn Trasparan betreffen. Mit Ihren Hypothesen bringen Sie uns noch in Teufels Küche. Reicht es Ihnen nicht, was Sie gerade eben angerichteten haben?«

»Aber so lassen Sie mich doch erklären ... «

»Schluss damit! Bringen Sie mir Beweise, dann reden wir weiter. Und Wühlig ... keine unüberlegten Aktionen mehr.«

»Ha!«, ereiferte sich Trasparan triumphierend, »denen habe ich es aber gezeigt! Hast du gesehen, wie der Oberst vor mir gekuscht hat, Wittelbroth?«

»Ja Meister, das war wirklich erstaunlich«, pflichtete der Gnom ihm bei. »Aber wieso? Also, ich verstehe nicht ... «

»Wittelbroth, du bist und bleibst ein Dummkopf. Du wirst nie ein bedeutender Zauberer werden. Dir fehlt das Gespür für Macht, Autorität, Prestige, Größe. Das ist die wahre Magie. Damit lenkt man die Geschicke der Welt. Allein der höchste Posten der Magiergilde verleiht mir genügend Einfluss, um die Stadtwache wie willenslose Marionetten herumzukommandieren. Und der verschwenderische Stadtfürst ist mir sehr gewogen, seit dem ich ihm die klammen Steuertruhen mit Gold gefüllt habe. Wie du siehst, habe ich bereits ohne den Stab das Sagen in Moorin.«

»Und ... was ist mit dem Professorenrat der Universität?«

Trasparan lachte schallend. »Wie bitte? Meinst du etwa, dass dieser jämmerliche Haufen mir gefährlich werden könnte? Der ganze Rat besteht doch nur aus inkompetenten Wichtigtuern und an oberster Stelle ist auch noch dieser elende, fette Großerzmagier Hardur. Ein wirklich selten dämlicher Trottel.«

»Er ist immerhin der Vorsitzende der Universität«, warf Wittelbroth ein.

»Ich weiß, dass ist mir auch unbegreiflich.«

8. Missionen

»Das meint Ihr nicht im Ernst, Baronesse«, platzte es aus Hardur heraus. Er war aufgesprungen und beugte sich mit seinem speckigen Körper über den Tisch zu dem unerwarteten Gast hinüber. Schlechte Nachrichten konnte der Großerzmagier ganz und gar nicht leiden. »Das wäre ja rein theoretisch das Ende der Magie!«

Alle Augenpaare waren nun auf die alte Dame gerichtet. Die bedrückende Stille wurde nur durch das klirrende Geräusch eines silbernen Löffels durchbrochen, der beim Rühren das Porzellan der kleinen geblümten Teetasse berührte. Eine mit einem weißen Seidenhandschuh bekleidete Hand führte den Tee zum leuchtend roten Mund. Die Frau in ihrem eleganten dunkelgrünen Kostüm saß aufrecht in einem gepolsterten Sessel und betrachtete die um den langen Tisch versammelten zehn Magier durch einen schwarzen Hutschleier. Es folgte ein kurzer Moment des Schweigens.

»Die Situation ist ernst, sehr ernst sogar«, erwiderte die Frau schließlich. »Ihr solltet lieber handeln, anstatt mich ungläubig anzustarren, verehrter Hardur. Es ist keine Zeit zu verlieren. Andere Kräfte sind schon am Werk. Wie Ihr wisst, ist Erzmagier Almuthar kürzlich ermordet worden.« Einige Köpfe drehten sich Almuthars leerem Stuhl zu. Die Baronesse griff wieder zur Tasse. »Jemanden mit Tee zu vergiften, das ist wirklich äußerst abscheulich«, sagte sie angewidert. »Wie kommt man bloß auf solch eine geschmacklose Idee?« Sie lugte argwöhnisch in ihre Tasse und stellte sie wieder zurück auf das Set.

»Aber woher wollt Ihr wissen, dass Almuthar im Besitz des Stabes war?«, fragte der Professor für Angewandte Illusionen. »Glaubt Ihr denn wahrhaftig an die Existenz dieses Mythos'?« Der Mann prustete los. »Jeder Zauberer weiß, dass die Sage um den Stab in das Reich der Legenden gehört.«

Der Zauberer unterbrach sich, als ein kleiner Kauz durch das Fenster geflogen kam und auf der Schulter der Baronesse landete. Unauffällig ließ Hardur seinen Feldhamster in der Innentasche seiner Robe verschwinden, als er sah, wie die kleine Eule gierig einen Keks aus der Hand der Dame verschlang.

»Es gibt eine Sache, die ich nicht ausstehen kann«, ihr Blick erfasste dabei alle Anwesenden, »und das ist Einfälligkeit«, sagte sie mit unbewegter Miene.

Empörtes Gemurmel erfasste den Rat.

»Ich *weiß*, dass der Stab existiert und anscheinend bin ich nicht die einzige Person. Ich kann nur hoffen, dass das Artefakt nicht schon längst in die falschen Hände geraten ist, denn sonst steht es schlimm um uns alle. Nach meinen Informationen«, die Dame strich dem Kauz sanft über die Federn, »hat bereits ein anderer Zauberer, Nosgar Trasparan, Almuthars Turm bezogen.«

»Nosgar Trasparan, der neue Vorsitzende der Zauberergilde?«, fragte Hardur verblüfft.

»Ich rate Euch, sofort zu agieren. Ich vermute, der Stab befindet sich in Almuthars Turm. Er müsste in einer großen, sehr alten Metalltruhe aufbewahrt sein. Habt Ihr diese gefunden, so verwahrt Sie sicher und benachrichtigt mich sofort.«

Hardur schaute ringsum die Ratsmitglieder an und kräuselte ungläubig die Stirn.

»Ihr verlangt von uns, dem ehrwürdigem Professorenrat der Magieruniversität, wie gesetzlose Räuber in Almuthars Turm einzubrechen, ohne auch nur einen Hinweis zu besitzen, ob der Stab sich dort befindet, geschweige denn überhaupt je existiert hat?«

Bevor die Baronesse darauf eingehen konnte, hatte sich neben ihr eine kleine rötliche Wolke gebildet, aus der nun ein daumengroßes Männchen trat. Seine runden Züge wirkten missmutig. Unter den wabernden Brauen blitzten zwei kohlschwarze Augen hervor, in denen ein feuriges Glimmen loderte, und einer Haarfrisur ähnlich, flackerten Flammen auf seinem Kopf. Mit einem kräftigen Sprung war es mit beiden Füßen auf der Schulter der Baronesse gelandet und flüsterte ihr etwas ins Ohr. Die alte Dame nickte kurz und das Männchen entschwand, indem es sich einfach in Luft auflöste.

»War – war das nicht ein Feuerling?«, stotterte der Großerzmagier entgeistert.

»Ja, in der Tat.« Die Dame erhob sich, nahm ihren Gehstock zur Hand und sah zu Hardur hinüber. »Ich hoffe doch, ich kann auf die Hilfe des Professorenrates der Kaiserlichen Magieruniversität zu Moorin zählen, insbesondere nachdem ich Ihnen behilflich war, den Höllenhund zu entfernen. Die Truhe mit dem Stab muss gefunden und an ihren angestammten Ort sicher verwahrt werden. Aber nun, meine Herren, muss ich mich leider von Ihnen verabschieden. Ein alter Freund erwartet mich.«

»Was machen wir jetzt, Chef?« Sense saß in seiner Wohnstube und rauchte.

»Noch ist nichts verloren, so kurz vor dem Ziel werde ich nicht aufgeben.« Er hatte sich die Zigarre zwischen die Zähne geklemmt, wodurch der Goldzahn zum Vorschein kam, der im Kerzenschein glitzerte. Sense rutschte auf dem Stuhl nach vorne, um Renck, der ihm gegenüber saß, am Kragen zu packen. Er zog ihn weit zu sich hinüber, sodass sein Kompagnon fürchten musste, sich an der glimmenden Zigarrenspitze zu verbrennen.

»Renck, kannst du dir überhaupt vorstellen, was auf dem Spiel steht!? Wir werden unermesslich reich sein! Können uns alles leisten, wovon wir bisher nur geträumt haben.«

»Und was ist mit Kralle und dem kleinen Burschen?«

»Was soll schon sein? Die haben doch keine Ahnung!«, spottete Sense und ließ den Kragen seines Kumpanen wieder los.

»Aber Kralle, der ...?«

»Ja, ja, der kennt den Plan, ich weiß. Aber er kennt nicht den Grund der Mission. Und sollte er uns in die Quere kommen, dann legen wir ihn einfach um, gar kein Problem, oder?« Sense lächelte hämisch und drückte seine Zigarre ein paar Zentimeter neben Rencks Hand auf der Tischplatte aus.

»Heute Abend wird das Ding gedreht. Komm, wir müssen noch einige Vorbereitungen treffen.«

Es heißt, man gewöhne sich an alles, doch Kralles Unterschlupf war von diesem Sinnspruch ausgeschlossen. Je länger man sich dort aufhielt, um so mehr hegte man den Wunsch, woanders zu sein. Aazarus saß seit dem Morgen allein auf der Kiste. Kralle hatte ihn allein zurückgelassen. Er wollte, bevor sie aufbrachen, den sichersten Weg vor die Tore der Stadt auskundschaften. Eigentlich hatte Kralle nur von ein, zwei Stunden gesprochen, doch nun war es schon Nachmittag und der Halbling begann sich Sorgen zu machen.

Aazarus fasste einen Entschluss und schaute in seinen Rucksack. ›Mal sehen, was ich für den Kram hier, so alles bekomme‹, fragte er sich selbst. Dann verließ er das Versteck und kam kurz darauf mit einigen Utensilien wieder zurück. Kralle war noch immer verschwunden. Aazarus nahm es mit einem Schulterzucken zur Kenntnis. Ihm blieb ja nichts anderes übrig, als auf ihn zu warten. Der Halbling warf einen prüfenden Blick in den Raum, krempelte die Ärmel hoch und begann mit der Arbeit. Bis zum frühen Abend schuftete er ohne Unterlass. Dann ging er einige Schritte zur Seite und betrachtete seine getane Arbeit mit einem zufriedenen und frohen Lächeln. In diesem Moment erschien Kralle. Er setzte gerade einen Satz zur Begrüßung an, als er die Kammer erblickte. Mit offenem Mund starrte er in ein ihm fremdes Zimmer. Der nackte und feuchte Steinboden war frisch gekehrt. Auch der Schimmelpilz an der Decke und das viele Gerümpel waren nicht mehr vorhanden. Stattdessen sah Kralle einen kleinen, einfachen Holztisch mit zwei Schemeln und anstelle des Strohlagers lag eine neue Wolldecke auf dem Boden.

An der linken Wandseite befand sich nun eine ordentliche Feuerstelle, über der ein Kessel blubbernde Geräusche machte. Der Duft von warmem Essen und von frisch aufgebrühtem Tee hing in der Luft und stieg dem verdutzten Kralle in die Nase.

»Wa-wa-was ist denn hier geschehen?«

»Na?«, fragte Aazarus mit leuchtenden Augen, »und? Wie gefällt es dir?«

Staunend durchschritt Kralle seinen Unterschlupf. »Wo sind meine Möbel?«, fragte er ungläubig.

»Deine *sogenannten* Möbel habe ich zu Feuerholz gemacht. Aber nun sag' schon, ist doch richtig gemütlich, oder?«
Aazarus ging zu einem der Schemel und schob ihn nach hinten weg. »Komm, setz' dich, ich habe uns etwas Leckeres zu Essen gemacht! Müsste gleich fertig sein. Na los, nimm schon mal Platz.«

Kralle setzte sich zögernd. Er starrte auf seinen ehemaligen Tisch, der gerade in den lodernden Flammen verglühte. Einen weiteren Moment sagte er kein Wort. Dann schüttelte er ungläubig den Kopf. »Was hast du mit dem Raum angestellt?«

Aazarus stand am Topf und rührte mit einem großen Holzlöffel darin herum. »Ich habe mir die Freiheit genommen und das Zimmer etwas, – sagen wir einmal – behaglicher gemacht. Du musst doch ehrlich zugeben, dass es hier vorher doch recht kalt und unangenehm aussah. Ich hätte selbst nicht gedacht, was man mit etwas Putzen und ein paar einfachen Möbeln alles erreichen kann. Es war ziemlich schwer und auch gefährlich alles hier herunterzuschaffen, das kannst du mir glauben.« Der Halbling schlürfte geräuschvoll etwas Suppe vom Löffel. »Ahhh, lecker! So, das Essen ist fertig. Gibst du mir mal deinen Teller?«

»Sag mal, bist du wahnsinnig«, protestierte Kralle und schlug mit der Faust auf den Tisch, »ich erkundschafte hier unter erschwerten Bedingungen stundenlang einen sicheren Weg aus der Stadt, und du spazierst so mir nichts dir nichts durch die Straßen und gehst einkaufen?«

»Nunja, also ich ... ich wollte es uns einfach etwas gemütlicher machen.«

»Gemütlicher? Was für ein Blödsinn. Du hast doch nicht einfach so Geld ausgegeben, um es uns gemütlicher zu machen?«

»Doch. Einen anderen Grund gibt es nicht.«

»Du willst mir doch nicht weismachen, du hättest das alles hier aus reiner Nächstenliebe getan?«, fragte Kralle ungläubig.

»Ich bin mir nicht im Klaren, was du mir eigentlich vorwirfst? Was missfällt dir denn?«, wunderte sich der Halbling ein wenig enttäuscht.

»Warum hast du das getan?«, blieb Kralle hartnäckig, »warum hast du dir so viel Arbeit gemacht? Was bezweckst du damit?«

»Du scheinst ein sehr misstrauischer Mensch zu sein.«

»Sicher bin ich das, wie soll man denn sonst sicher durchs Leben kommen? Misstraue allem und jedem, besonders denen, die du für deine besten Freunde hältst.«

»Von wem hast du denn bloß diesen Blödsinn gelernt?«

»Das ist kein Blödsinn, sondern ...«, Kralle überlegte kurz, »das zu wissen ist lebensnotwendig. Genau, so hat Sense es immer gesagt.«

»Hätte ich mir ja denken können, dass du das von diesem Kerl gelernt hast. Aber sag mal, woher kennst du den überhaupt?«

»Er hat mich von der Straße geholt.«

»Von der Straße?«, fragte der Halbling mitfühlend. »Hast du denn keine Eltern?«

»Doch, die habe ich schon, aber die kümmerten sich nicht um mich. Die haben mich nur geprügelt und geschlagen.«

»Sie haben dich geschlagen? Das ist ja schrecklich! Konnte dir denn keiner helfen?«

»Wer denn? Nein, da war niemand. Irgendwann bin ich von zu Hause abgehauen.« Mit gesenktem Haupt rührte Kralle gedankenverloren in seinem leeren Teller.

»Und wovon hast du gelebt?«

»Vom Stehlen und Betteln. Tja – und eines Tages ging ich wie immer auf den Markt, um irgendjemandem ein paar Münzen abzuknöpfen. Und derjenige war zufällig Sense. Der hat mich dann erwischt, zu sich genommen und mir alles beigebracht, was man als Straßenkind so wissen muss.«

»Wie alt warst du damals?«

Kralle vergrub den Kopf in seine Hände und dachte angestrengt nach. »Ich glaube, ich muss ungefähr zwölf Jahre alt gewesen sein. Seitdem mache ich für Sense Taschendiebstähle und kleine Tricksereien. Für die Tagesbeute bekomme ich bei ihm etwas Warmes zu essen und für die Nacht ein Schlaflager.«

»Aber Sense scheint dich ja auch nicht besser zu behandeln als deine Eltern. Ich habe doch gesehen, wie er dich in der Stadtwache geschlagen hat.«

»Ja, nun gut, ab und zu gibt es mal 'ne Backpfeife oder einen Tritt. Aber nur wenn ich ungehorsam war oder mich bei unseren Raubzügen ungeschickt angestellt habe.« Kralle hob einen Kopf und schaute Aazarus erbost an. »Warum erzähle ich dir das alles überhaupt? Kann dir doch egal sein!«

»Ist es aber nicht.«

»Hast du nicht gesagt, es gäbe zu essen?«, versuchte Kralle das Gespräch geschickt auf ein anderes Thema zu lenken.

»Bei meinen haarigen Füßen! Das Essen! Natürlich.«
Der Halbling füllte die Teller und kurz darauf
schlürften beide hungrig die Suppe und aßen etwas
Brot zum Tee. Als sie alles aufgegessen hatten, lehn-
ten sie sich satt zurück und dösten vor sich hin.
»Ach, sag mal, Kralle, wo bist du heute eigentlich solange gewesen?«

»Mann, wie konnte ich das bloß vergessen?« Kralle
schlug sich mit der flachen Hand vor die Stirn. »Du
wirst in der ganzen Stadt gesucht.«

»Gesucht? Wie meinst du das?«

»Auf dem Marktplatz hängen Steckbriefe aus. Auf
deine Gefangennahme sind hundert Mooriner Goldmünzen als Belohnung ausgesetzt.«

»Potzblitz! Hundert Goldmünzen!? So viel Geld! Das
ist ja ein Vermögen. Dafür kann man mindestens
fünfhundert ...«, der Halbling zählte etwas an seinen
Fingern ab und hatte dabei den Pfeifenladen seines
Onkels im Gedächtnis, »mindestens fünfhundert-
sechzig Pfeifen kaufen, wenn nicht sogar mehr!«

»Pfeifen?«, wunderte sich Kralle. »Wie kommst du
denn ausgerechnet auf Pfeifen? Für das Geld kannst
du dir etwas viel Besseres leisten, ein prächtiges
Haus mit Angestellten zum Beispiel. Pfeifen«, spottete Kralle und schüttelte sich vor lachen. Bevor Aazarus etwas erwidern konnte, fügte er noch hinzu:
»Was willst du mit blöden Pfeifen!? Mit dem Geld
kannst du dir auch die Zeit mit einigen hübschen

Täubchen versüßen, du weißt schon, was ich meine«, schnurrte Kralle und hob neckisch eine seiner Augenbrauen fast bis zu seinem roten Haaransatz.

»Nein, keine Ahnung«, gestand der Halbling, »was willst du denn mit Tauben?«

Kralle grinste schelmisch. »Das erzähle ich dir ein anderes mal.«

Es folgte ein Moment des Schweigens. Kralle versank in einen Tagtraum, der seine Ohren ganz rot werden ließ. Plötzlich schaute Kralle zu dem Halbling hinüber und fragte mit ernster Stimme: »Hast du den Magier umgebracht? Also *mir* kannst du es doch ruhig sagen.«

»Nein, verflucht noch mal, das habe ich nicht!«

»Aber warum ist dann auf deine Verhaftung so eine hohe Belohnung ausgesetzt?«

»Weil der schwachköpfige Hauptmann *denkt,* ich hätte diesen Zauberer ermordet.«

»Und warum denkt er das?«

»Weil ... weil ... weil er mich ertappt hat, wie ich heimlich den Magierturm verlassen habe«, gestand der Halbling kleinlaut.

»Was hattest du denn im Magierturm zu suchen?«

»Nichts. Ich ... ich habe mich nur vor dem Höllenhund im Turm verstecken wollen – genau! Und da
war dann zufälligerweise der Hauptmann drin und
ich ...«

»Moment mal. Hauptmann Wühlig mitten in der
Nacht im Magierturm?«, unterbrach ihn Kralle, »Was
wollte er da?«

»Keine Ahnung. Ich habe ihn dabei beobachtet, wie
er nach irgendetwas gesucht hat und laut dabei über
einen Schlüssel geflucht hat.«

»Über einen Schlüssel, sagst du?«

»Ja, einen Schlüssel.« Aazarus holte seinen Rucksack
und kramte darin herum.

»Was suchst du denn?«, fragte Kralle.

»Das hier«, erwiderte der Halbling und präsentierte
den kleinen drachenförmigen Schlüssel, den er zufällig in Wasters Schreibtisch gefunden hatte.

»Woher hast du den?«

»Ha!«, grinste Aazarus triumphierend. »Wenn du das
schon verwunderlich findest, dann wirst du bestimmt
noch mehr erstaunt sein zu hören, dass ich etwas
noch viel Interessanteres im Turm entdeckt habe.«

Unter staunenden Blicken erzählte Aazarus, wie er
sich vor Hauptmann Wühlig im Schrank versteckt,

ihn das Wiesel erschreckt hatte und er anschließend in einen Geheimgang gepurzelt war.

»Wohin führte der?«

»In einen Raum übersät mit seltsamen Schriftzeichen und Symbolen.« Der Halbling überlegte. »Hm und dann ... ja, da war noch ein Schreibtisch mit einem Buch darauf und Schubladen voller Papieren. Und dann stand da noch eine riesige Metallkiste.«

»Eine Kiste, sagst du? Wie groß war die und vor allem was war drin?«

»Keine Ahnung, ich konnte sie nicht öffnen. Und wie groß ...? Na ungefähr so ...«, der Halbling breitete seine Arme in voller Länge aus, »... ja, ungefähr so breit, und von der Höhe ging sie mir fast bis zur Brust. Aber warum ist das so wichtig?«

»Darin könnte er versteckt sein«, sprach Kralle leise zu sich selbst.

»Wer könnte darin versteckt sein? Was meinst du?« Jetzt war Aazarus neugierig geworden.

»Wenn du mir versprichst, nichts auszuplaudern, dann...«

»Ich schweige wie ein Grab!«

»Nun«, flüsterte Kralle geheimnisvoll, »Almuthar, der Magier, soll sich vor einiger Zeit auf die Reise be-

geben haben, um ein machtvolles, magisches Artefakt zu suchen. Wahrscheinlich einen Stab. Und diesen soll er gefunden und in seinem Turm versteckt
haben.«

»Woher willst du denn das alles wissen?«

»Von Sense. Ich habe ihn und Renck heimlich bei einem Gespräch belauscht und davon erfahren. Die
beiden hatten mich zwar zuvor in den Coup einge-
weiht, mir aber verschwiegen, dass dieser Stab nicht
nur extrem wertvoll, sondern auch sehr mächtig ist.«

»So, so«, grinste der Halbling.

»Brauchst gar nicht so doof zu grinsen, du Blöd-
mann. Sense hat durch einen Informanten von der
Geschichte erfahren. Sense und Renck wollten den
Stab aus dem Turm stehlen und ihn dann für viel
Kohle verschachern. Doch dann ist der Coup ge-
platzt, weil Sense kurz davor wegen Schmuggelei
gefasst und verhaftet wurde. Darum bin ich allein mit
Renck in den Turm eingestiegen.«

»Ihr wart da auch drin?«, wunderte sich Aazarus.

»Ja und das war ziemlich gefährlich, denn die Türme
von Zauberern sind magisch gesichert. Wenn du
nicht aufpasst, wirst du von einem Schutzzauber ge-
röstet oder in alle Stücke gerissen. Wir mussten auch
seinen Wachhund, du weißt schon – diesen Höllenhund, austricksen. Eine Schwierigkeit mehr, die zu
überwinden war.«

Aazarus' Magen fühlte sich mit einem Male irgendwie flau an. Er hatte ja keine Ahnung gehabt, in welche Gefahr er sich gebracht hatte, als er dem Hauptmann damals in das Gemäuer gefolgt war.

»Naja, allein diese Kreatur war schon gefährlich genug. Aber wir sind ja gerissen!«, betonte Kralle mit erhobener Stimme, wobei er zwischen jedem einzelnen Wort eine kleine Pause einlegte und gleichzeitig seine rechte Zeigefingerspitze an die Schläfe legte. »Renck und ich haben uns neben der Tür postiert und gewartet, bis die Haushälterin aus dem Turm kam. Wir wussten, dass sie jeden Morgen zum Markt geht, schließlich hatten wir das Gebäude mehrere Tage lang beobachtet. So ein Einbruch bei einem Magier will gut vorbereitet sein«, fügte Kralle oberlehrerhaft hinzu und blickte über den Rand einer imaginären Brille zu Aazarus hinüber, der gespannt lauschte.

»Aber hat euch denn die Frau nicht gesehen?«

»Nein, das konnte sie gar nicht, denn wir waren unsichtbar.«

Der Halbling schaute äußerst skeptisch und begann zu lachen. Kralle wurde wütend.

»Ach komm, hör schon auf.« Der Halbling wischte sich eine Träne aus dem Auge. »Fast hätte ich dir dein Märchen abgenommen.«

»Das ist kein Märchen, du Idiot«, entgegnete Kralle mit erboster Stimme, »wir haben Unsichtbarkeitspulver benutzt.«

»Ganz bestimmt«, gluckste Aazarus, dem nun Tränen über seine aufgeblähten Wangen rollten. Mit aller Kraft musste er sich auf die Unterlippe beißen, um nicht einen weiteren Lachanfall zu erleiden. Er wollte Kralle nicht weiter verärgern.

»Oh! Warte du ... du ... du dummer Hohlkopf.«

»Hmpf«, zischte es aus Aazarus' Mund, der langsam zu bersten drohte.

Kralle holte einen kleinen Beutel aus seiner Jackentasche. Er öffnete ihn und streute vorsichtig eine kleine Priese weißsilbrigen Pulvers über den Holzlöffel. Kaum hatte es den Löffel berührt, wurde dieser immer blasser, bis er schließlich ganz verschwunden war. Aazarus staunte.

»Aber, aber ... wie ist denn das möglich?«

Der Halbling schaute auf die Tischplatte und tastete ungläubig an jener Stelle, wo der Löffel eben noch gelegen hatte.

»Ich fühle ihn«, rief er erstaunt, »aber ich sehe ihn nicht!«

»Ja, das ist Magie, du Dummkopf. Ein Illusionszauber konserviert in diesem Unsichtbarkeitspulver«, entgegnete Kralle mit einem strafenden und belehrenden Blick. »So konnten wir schnell und unbemerkt an der Haushälterin und den Höllenhund vorbei in den Turm gelangen«, setzte Kralle die Erzählung fort. »Wir sind vorsichtig durch die Zimmer geschlichen und haben den Magier an seinem Schreibtisch entdeckt. Er schien zu schlafen. Ich wollte wieder leise aus dem Raum verschwinden, aber Renck zog seinen Dolch und stach zweimal durch die Lehne des Stuhls in den Rücken des Magiers. Dann hörten wir im Erdgeschoss plötzlich ein Geräusch und haben uns aus dem Staub gemacht.

»Du Mörder«, sagte Aazarus entsetzt, »wie konntest du das nur tun?!«

»Ich ein Mörder?! Nein, mein Lieber. Das war Renck. Ich habe nichts damit zu tun.«

»Ist doch egal, aber du hättest es verhindern können, wenn du nur gewollt hättest.«

»Ich finde ja auch, dass Renck etwas überstürzt gehandelt hat.«

»Überstürzt gehandelt?!«, rief Aazarus empört. »*Überstürzt* nennst du das, wenn man jemanden hinterhältig ersticht?«

»Hab' dich doch nicht so«, lachte Kralle, »du verhältst dich ja schon wie ein kleines Mädchen.«

Aazarus blieb stumm. Eine gereizte Stille herrschte nun im Raum.

»Nun reg' dich mal nicht auf. Renck hat den Magier ja gar nicht umgebracht.«

»Wie meinst du das?«

»Der Magier war schon tot, bevor Renck mit dem Dolch zugestoßen hat. Er schlief nicht, wie wir zuerst annahmen. Nein, er saß tot in seinem Sessel. Wahrscheinlich vergiftet.«

»Vergiftet? Von wem?«

»Von wem, das weiß ich auch nicht. Jemand hatte ihm allem Anschein nach Gift in seinen Tee gemischt. Die Tasse stand vor ihm auf dem Schreibtisch«, entgegnete Kralle und schaute eindringlich zu dem Halbling hinüber. »Und? Hast du mir vielleicht etwas zu sagen?«, fügte der junge Mann schnell hinzu.

»Wie? Was? Sagen?«

Demonstrativ inspizierte Kralle seine Fingernägel. Aazarus überlegte eine Weile, bevor er knallrot anlief und schrecklich wütend wurde.

»Ich habe diesen verdammten Magier nicht getötet, wenn du wieder einmal darauf anspielst. Warum glaubt das bloß jeder? Ich sehe doch nicht aus wie ein eiskalter Mörder.«

»Nein, das nicht, aber was will das schon heißen«, entgegnete Kralle gelassen.

Der Halbling griff seinen Rucksack, packte seine wenigen Habseligkeiten hinein und lief zum Ausgang. »Aazarus?! Wo willst du hin?«

»In den Turm, wenn du es unbedingt wissen willst. Vielleicht finde ich dort einen Hinweis, wer diesen Almuthar wirklich umgebracht hat. Dann kann ich jedem beweisen, dass ich unschuldig bin und habe endlich meine Ruhe.«

»Du bist doch völlig verrückt, Kleiner. Wie willst *du* denn da hineinkommen?«

Aazarus deutete auf das Säckchen Unsichtbarkeitspulver, das noch auf dem Tisch lag. »Kann ich nicht etwas von diesem Zeug bekommen?«

Kralle nahm flugs den Beutel wieder an sich.

»Nein, das ist viel zu wertvoll. Ich habe es unbemerkt von Senses Vorrat abgezweigt und auch nur wenig genommen, damit es nicht auffällt. Es reicht nur noch für eine kurze Anwendung. Ich bewahre es für den Notfall auf, deshalb kannst du davon nichts abhaben.«

»Dann eben nicht. Mir wird schon etwas anderes einfallen.«

»Aber, du wirst umkommen, der Turm ist magisch gesichert! Hör doch, Aazarus, dass ist Irrsinn.«

»Ich war doch schon einmal drin.«

»Ja, aber nur weil der Hauptmann wahrscheinlich einen Schlüssel für den Turm besessen hat. Ohne den geht da gar nichts«, versuchte Kralle Aazarus von der Idee abzubringen. »Und den in die Hände zu bekommen, das ist bestimmt unmöglich.«

»Es gibt bestimmt noch einen anderen Weg«, meinte Aazarus, der schon längst im Dunkel des Tunnels verschwunden war, fest entschlossen, seine Unschuld zu beweisen.

»Warte«, rief ihm Kralle hinter her, »nun, da gibt es tatsächlich noch eine Möglichkeit. Unter dem Gebäude verläuft ein kleiner Abwasserkanal... jedenfalls hat Sense davon schon einmal gesprochen. Am Rande des Holzmarktes muss ein Einstieg sein. Vielleicht bringt dich das weiter. Ach, ich habe hier noch etwas für dich.« Kralle holte ein Kurzschwert hervor und drückte es Aazarus in die Hände. »Hier nimm dies. Vielleicht wird es gefährlich, dann wirst du es brauchen.«

»Nein, lieber nicht, Kralle, ich werde es bestimmt nicht benutzen.«

»Ich bitte dich, nimm es. Sicher ist sicher. Glaub mir, ich weiß, wovon ich spreche.«

»Das glaube ich dir gern, aber ich möchte es lieber nicht mitnehmen. Und im Übrigen weiß ich gar nicht, wie man ein Schwert richtig benutzt. Oder traust du mir zu, damit den Höllenhund zu erledigen?«

»Das brauchst du gar nicht. Ich habe gehört, dass die Magier ihn gestern Nacht aus der Stadt vertrieben haben. Dennoch bitte ich dich, nimm das Schwert mit. Wenn du in arge Bedrängnis gerätst, was ich natürlich nicht hoffe, dann wird dir dein Überlebensinstinkt schon sagen, was zu tun ist.«, drängte Kralle.

»Nun gut, danke. Wenn der Höllenhund weg ist, wie du sagst, dann kann der Rest ja gar nicht mehr so schwer sein«, scherzte Aazarus und kletterte den Ausstiegsschacht hinauf. »Also, mach es gut, Kralle, und lebe wohl.«
»He, Aazarus, pass' auf dich auf, hörst du«, rief Kralle ihm besorgt nach, doch der Halbling war schon verschwunden.

9. Von Aufstieg und Fall

Eine beklemmende Atmosphäre ging von dem lang gestreckten Saal aus, den gerade eine schwarz gekleidete Gestalt betrat. Licht fiel durch hohe Fenster an der Stirnseite hinein und spiegelte sich unangenehm auf dem Steinboden wider, so dass man den Sessel davor nur schemenhaft erkennen konnte. Furchtsam setzte der Mann einen Schritt vor den anderen. In ein paar Metern Entfernung lag etwas auf dem kalten Boden und wie er näher kam, erkannte er, dass es eine Person war. Verkrampft, wie sie im Tode niedergestürzt war, lag sie da auf dem polierten Granit. Der Mann schritt steif an der Leiche vorbei und betrachtete dabei die drei gewaltigen Gemälde an der Wand. Trotz ihrer Größe waren die Portraits vom Eingang aus nur schwach zu erahnen gewesen und selbst jetzt im Vorübergehen konnte man wegen des ungünstigen Lichtlichteinfalls kaum Details erkennen. Unruhig schielte der Mann zu den starren, ernsten Gesichtern empor, die ihn mit überaus lebendigen Pupillen zu verfolgen schienen.

»Du weißt, worin dein Auftrag besteht, Serpius?«, erklang plötzlich eine scharfe Stimme von dem voluminösen Ohrensessel.

»J... ja.«, stotterte der Mann.

»Ich gebe dir noch einen guten Rat, Serpius. Strapaziere meine Geduld nicht unnötig.«

Aus dem Schatten des Sessels kam eine nachtblaue Hand zum Vorschein. Sie deutete auf den Toten, über dessen Beine eine gelbe Schlange glitt.

»*Er* hat meinen Rat sträflich missachtet.«

»Ich werde Euch niemals enttäuschen, meine Fürstin.«

»Gut. Dann bringe mir schnell den Schlüssel. Er ist im Besitz eines jungen Halblings, der sich noch in Moorin aufhält.«

»Und was ist mit dem Magier? Diesem Nosgar Trasparan?«

»Es hat den Anschein, dass auch er von dem Stab weiß. Sei es drum. Du wirst ihn observieren. Sollte er sich dir in den Weg stellen, dann beseitige ihn. Er dürfte kein Problem darstellen, nicht wahr?«

»S... S... Selbstverständlich nicht, meine Gebieterin.«

»Und nun geh.«

Sechs aufmerksame Augen beobachteten, wie sich Serpius verbeugte und zügig den Saal verließ.

»Ihr hättet jemanden anderen mit dieser Mission beauftragen sollen«, sagte das linke Gemälde kühl.

Das mittlere Portrait zischte leise zweifelnd.

»Nein!«, donnerte die Fürstin, »ich werde meine Pläne nicht ändern.«

»Aber er weiß zuviel«, räusperte sich das rechte Portrait. »Und er könnte sich mit dem Stab auf und davon machen.«

»Guter Hinweis«, stimmte das mittlere zu.

»Niemals würde es jemanden wagen, mich, Fürstin Ambras, zu hintergehen. Meine Rache ist grausam.« Ihre silbrigen Augen fokussierten die Gemälde an der Wand. »Schaut mich nicht so an! Jahr für Jahr habe ich nach dieser Truhe gesucht und als ich sie endlich gefunden hatte, taucht dieser verfluchte Almuthar auf und stiehlt sie mir. Ein Rückschlag, der mir Zeit gekostet hat. Doch ich werde den Stab schon in meine Finger kriegen! Nur ich habe die Macht ihn zu kontrollieren.«

Die Fürstin erhob sich aus dem Sessel und trat an eines der Fenster. Der Schein der Abendsonne, die langsam in er aufgewühlten See versank, tauchte ihre langen weißen Haare in feuriges Rot.

»Wenn der magische Wall erst einmal gebrochen ist, wird mich niemand mehr aufhalten können. Das Kaiserreich wird in meine Hände fallen.«

Dichter Nebel war an diesem ersten, kühlen Abend aus den nahen Sümpfen aufgezogen. Geräuschlos wälzte er sich über die Stadtmauer und ergoss sich in die leeren Straßenschluchten von Moorin. Mit diesem faszinierend unheimlichen Naturschauspiel[7] verbanden die Mooriner seit jeher zwei Dinge. Zum einen war der Nebel ein untrügliches Vorzeichen des baldigen Herbstes. Zum anderen waren an solchen trüben Tagen verstärkt Ganoven unterwegs, und zwei von ihnen waren gerade auf dem Holzmarkt tätig. Sie hatten es sehr eilig, denn irgendwo aus ihrer Nähe, verborgen vom Dunst, drang plötzlich eine missmutige Stimme zu ihnen herüber.

»Dämlicher Zobel. Und alles nur wegen dieses aufgeblasenen Magiers! Nachtdienst! Streifendienst! Und das als Hauptmann der Stadtwache! Ja, Zobel kann jetzt auf der faulen Haut liegen und wer darf wieder die Drecksarbeit machen!? Ich! Mit mir kann man's ja machen.«

Waster schnaubte verächtlich. Dabei war doch alles Zobels Schuld. Woher sollte er denn wissen, dass Trasparan der neue Vorsitzende der Zauberergilde

---

7 Als **Weiße Flut** bezeichnet man eine ungewöhnlich dichte Nebelbildung über den Mooriner Sümpfen. In manchen Jahren dringt sie sogar bis zu den Ausläufern des hohen Nastern oder sogar bis zu den östlich gelegenen Persoller Wäldern hinein. Hervorgerufen wird dieses Phänomen durch eine feuchtkalte Wetterperiode im Frühherbst und im Frühling. Meist bleibt eine solche Wetterlage für Tage oder gar ein, zwei Wochen stabil, bis durch ein boralisches Tiefdruckgebiet ein Wetterumschwung eintritt, der meist mit starkem Regen einhergeht. Der Nebel ist auch unter dem volkstümlichen Namen *Mooriner Suppe* oder *Mooriner Luft* bekannt.

war? Hätte der Oberst ihn rechtzeitig informiert, wäre er im Magierturm etwas taktvoller aufgetreten. Im Gegensatz zu seinem Vorgesetzten hatte er nicht die Zeit, sich mit dem Klatsch und Tratsch der Mooriner Oberschicht zu beschäftigen. Wahrscheinlich hatte Zobel während einer der zahlreichen *Soirees* davon erfahren, die seine Gattin ständig veranstaltete. Wer weiß, womöglich hatte er bei einer dieser Veranstaltungen Trasparan sogar persönlich kennengelernt? Dies würde auch erklären, warum dem Oberst die ganze Situation so peinlich gewesen war. Und in gewissen Kreisen machten solche Sachen ganz schnell die Runde. Eins war sicher, im Hause »Zobel« flogen demnächst die Suppenteller ziemlich tief. Der Gedanke hob Wasters trübe Stimmung ein wenig, auch wenn er sich weiterhin über die Anweisung seines Vorgesetzten ärgerte. Wie konnte der Oberst denn nur so blind sein? Es war doch ganz offensichtlich, dass zwischen dem Mord an Almuthar und dem plötzlichen Auftauchen Trasparans eine Verbindung stehen musste!

Der Hauptmann schüttelte den Kopf, holte ein Pergament unter seiner Rüstung hervor und studierte Blombergs »inoffiziellen« Bericht, dem ihm der Wachmann kurz vor dem Verlassen der Stadtwache überreicht hatte:

Untersuchungsobjekt: Surischer Kleindolch

Merkmale:
- *Eingeschlagenes Klingenzeichen eines Fisches,*
- *Abgegriffener, kantiger Wurzelholzgriff,*
- *Dreilagen-Stahl mit Ziselierungen,*

- *auf beide Schneiden mehrfach unfachmännisch nachgeschliffen,*
- *Klingenlänge knapp 12 cm, Klingendicke ca. 2,5 mm,*
- *Einzelanfertigung.*

Ergebnis:
Bei dem Dolch handelt es sich vermutlich um ein Erbstück des Grafen Creadin.

›Creadin?‹ Der Hauptmann musste umgehend an den spektakulären Entführungsfall denken, der vor einigen Jahren die Stadt in Atem gehalten hatte. Der Sohn des Grafen, damals noch ein kleiner, pummeliger Junge, war verschleppt und erst gegen eine horrende Lösegeldsumme wieder freigelassen worden. Waster war damals als junger Gefreiter an bestimmten Ermittlungen beteiligt gewesen. Er las weiter:

Der junge Graf bestätigt nach Vorlage der Waffe, dass es sich eindeutig um sein Eigentum handelt, das ihm als Geisel vor 15 Jahren durch die Entführer entwendet worden war.

Ein Triumpfgefühl erfasste Waster. ›Na, sieh mal einer an! So schließt sich also der Kreis. Ich habe es doch gewusst!‹ Auch wenn man damals die eigentlichen Drahtzieher nicht vor Gericht hatte bringen können, so war doch in der ermittelnden Stadtwache klar gewesen, wer hinter der Entführung steckte. Nämlich jener Ganove und Bandenführer, der gestern noch in der Stadtwache eingesessen hatte und stadtweit unter dem Pseudonym »Sense« bekannt war.

Für Wühlig lagen die Fakten nun glasklar auf dem Tisch. Als Handlanger unter Senses Führung und im Auftrag von Trasparan hatte der Halbling den Mord verübt. Kurz davor hatte sich Sense mit Absicht von Waster fangen und festnehmen lassen, damit er zum Zeitpunkt des Mordes ein Alibi besaß, während der Halbling die Drecksarbeit erledigte. Schließlich ließ sich auch der Halbling absichtlich erwischen, um auf einfachstem Wege zu Sense in den Kerker zu gelangen. Dieser Umstand erklärte auch seine – natürlich gespielte – Naivität. Und er, ein Hauptmann, war darauf reingefallen. Im Kerker unterrichtete dann der Halbling Sense über den gelungenen Mord.

Unterstützt durch den Rest der Bande war es den beiden dann ein Leichtes gewesen, aus der Stadtwache auszubrechen. Raffiniert eingefädelt, aber sie hatten nicht mit Waster gerechnet und darüber hinaus den Fehler gemacht, den Dolch am Tatort zurück zu lassen. Jetzt musste er nur noch die Verbindung zwischen Trasparan und dem Halbling nachweisen. Vielleicht ließ sich etwas über die Herkunft des Kareen-Giftes bewerkstelligen. Bestimmt hatte der Magier das Kareen-Gift besorgt. Er besäße das nötige Wissen um dessen Magieresistenzwirkung und unterhielt schon von Berufswegen Beziehungen zu Alchemisten. Waster spürte, dass er kurz vor der Lösung des Falls stand. Schon bald würde er alle nötigen Beweise präsentieren können und Zobel bloßstellen, der sich so vehement für den »Vorsitzenden der Zauberergilde« eingesetzt hatte. Das würde einen schönen Skandal geben!

Aazarus irrte durch die Nacht. Der dichte Nebel hatte ihm im Gewirr der Gassen die Orientierung genommen. Während seine nackten Füße auf dem kalten Pflaster den rechten Weg suchten, überkamen ihn langsam Zweifel. Sein gesunder Halblingsverstand riet ihm das Vorhaben zu beenden. Seine Wut und sein Stolz behielten aber die Oberhand und trieben ihn weiter voran. Ein flüchtiger Geruch von frisch gebackenen Kuchen, der ihn plötzlich in die Nase stieg, brachte ihm Erinnerungen an sein friedliches Heimatdorf zurück. ›Ach, wie gern wäre ich jetzt bei meine Freunden. Dann könnte ich mit ihnen musizieren und bei einem Krug Bier würden wir zusammen Taks[8] spielen‹, träumte der Halbling. ›Und der alte Timpet würde mir bestimmt wie immer seinen dummen Witz mit den humpelnden Elfen erzählen.‹

Aazarus musste schmunzeln. Völlig in seine Erinnerung vertieft bog er um eine Häuserecke und prallte gegen einen Mann, der sich just aus den Nebelschwaben gelöst hatte.

»He! Können Sie denn nicht aufpassen!«, rief dieser verärgert.

»Oh, entschuldigen Sie bitte, mein Herr! Ich habe Sie nicht gesehen.«

---

8 **Taks** ist ein populäres Kartenspiel, was im gesamten Kaiserreich verbreitet ist.

»Ja, ja, schon gut.« Der Mann rückte seinen Helm wieder an den richtigen Platz, der ihm über die Augen gerutscht war. Entgeistert hielt Aazarus sich die Hand vor den Mund. Vor ihm stand niemand geringerer als Hauptmann Wühlig.

»Äh ... ist ja zum Glück nichts passiert, ich muss schleunigst weiter, habe es eilig« antwortete der Halbling, machte auf der Achse kehrt und verschwand im Nebel.

»Na sowas ...?!«, wunderte sich Wühlig kopfschüttelnd.

Aazarus rannte so schnell, wie ihn seine kurzen Beine trugen. Wieder einmal hatte sich der Zufall einen Scherz erlaubt, über den der Halbling gar nicht lachen konnte.

»Stehen bleiben im Namen des Gesetzes! Du bist verhaftet«, hörte er Wühligs kräftige Stimme hinter sich. Offensichtlich hatte nun auch der Hauptmann realisiert, mit wem er da zusammengestoßen war. Nichts in der Welt hätte den Halbling dazu bewegen können, stehen zu bleiben. So spurtete er weiter und lief zum zweiten Mal in dieser frühen Nacht geradewegs dem Zufall in die Arme. Dieser trieb mit Aazarus ein Spiel, das ohne Schiedsrichter und mit offenen Regeln auskam. Und der Zufall wusste mit Hilfe seiner kreativen Phantasie diese überaus liberalen Spielregeln voll auszuschöpfen und mit den Möglichkeiten des Machbaren zu experimentieren.

Das Resultat war ein Wassereimer, der plötzlich im dichten Nebel auftauchte. In der Hast trat Aazarus blindlings hinein, stolperte, drehte sich im Kreis und fiel samt Kübel am Bein in ein rundes Loch, das sich in der Mitte der leeren Gasse auftat. Aazarus spürte nur noch den Aufprall und vernahm das Krachen von berstendem Holz. Dann war es still.

»Wieder nichts!«, stöhnte Trasparan und ließ den schweren Schriftband *Bändigung von Schutzzaubern* achtlos zu Boden fallen. Staub wirbelte auf und flog Wittelbroth in die Nase, sodass er kräftig niesen musste. Erschöpft sank der Zauberer auf einen Stuhl, griff mit seiner zittrigen Hand das Kristallglas und goss den ganzen Wein mit einem Schluck hinunter. Der Gnom kräuselte besorgt die Stirn. Die ganze Nacht und nun auch den Tag hindurch hatte sein Lehrmeister unentwegt Schriftrollen und Bücher studiert. Diese Suche nach dem vermeintlichen, sagenhaften Artefakt würde ihm noch den Verstand rauben, daran hatte Wittelbroth inzwischen keine Zweifel mehr. Er hob den Schriftband vom Boden und legte ihn auf einen der Dutzend Bücherstapel, von denen sich einige schon mannshoch auftürmten.

»Wollt Ihr Euch nicht ein wenig Ruhe gönnen?«, fragte Wittelbroth vorsichtig. »Vielleicht wollt Ihr ein wenig schlafen und danach die Suche fortsetzen?«

»Halt' deinen Mund!«, raunzte der Zauberer, während er sich die Schläfen massierte. »Bei deinem Gesäusel kann ich nicht nachdenken.« Die im Raum postierten Kerzen warfen flackernde Schatten und verdeckten sein gramzerfurchtes Gesicht. Nach einigen schweigsamen Momenten trat Trasparan an seinen gnomischen Schüler heran. Dieser wich furchtsam ein Paar Schritte zurück, als er in die tief unterlaufenden Augen seines Lehrmeisters blickte.

»Ich glaube, ich habe in einem der Regale neben der Kellertür den Band über *Interkontinomische Bändigung durch Fluktuationen in den morphischen Strukturen des Realitäts-Zeit-Gefüges* gesehen. Damit müsste es mir letztendlich gelingen, diese verfluchte Kiste aufzubrechen.« Die geballte Faust des Magiers schlug geräuschvoll gegen die Wand.

»Aber, aber M... M... Meister. Eine Störung der m... morphischen Struktur ist extrem gefährlich. Seid Ihr Euch sicher, dass ...«

»Natürlich bin ich mir sicher!« Der ganze Körper des alten Mannes war bis zum Bersten angespannt. Eine dicke Ader an seinem Hals pulsierte derart heftig, dass Wittelbroth fürchtete, sie könnte jeden Moment platzen.

»Und jetzt bring mir das Buch, Wittelbroth!« Hitzköpfig zog der Magier seinem reich verzierten Zauberstab hervor, und Wittelbroth sah, wie seine Knöchel unter der ausgemergelten Haut weiß hervortraten. »Geh schon! Auf was wartest du noch?!«

»J... j... jawohl, Meister«, stammelte der Gnom und verschwand so schnell wie seine kurzen Beine ihn trugen, aus dem Arbeitszimmer.

Aazarus' Augen gewöhnten sich nur langsam an die ihn umgebende Dunkelheit. Er erkannte, dass er in einer Art gemauertem Tunnel stand, durch den ein Rinnsal floss. Es roch unangenehm und faulig. Offensichtlich befand er sich in der Kanalisation. In etwa drei Metern Höhe über ihm öffnete sich ein kreisrundes Loch, durch das er eben gestürzt war. Feiner Regen nieselte auf ihn herab. Der Halbling strich sich eine nasse Strähne aus dem Gesicht. Zum Glück hatte er den Fall ohne größere Blessuren überstanden.

Wer hatte bloß den dämlichen Kanaldeckel abgehoben und nicht wieder an seinen Platz gerückt? Eine lebensgefährliche Achtlosigkeit, die ihm einige Brüche bescheren oder gar das Leben kosten hätte können. Er setzte wacklig einen Fuß nach vorn und schüttelte die Reste des Holzeimers ab, die noch an seinem Bein hingen. Plötzlich sah Aazarus in einiger Entfernung ein Licht vor sich auftauchen, das langsam auf ihn zukam. Der Halbling biss sich nervös auf die Lippe, als er nun auch das Patschen von Füßen vernahm und entschied sich zunächst weiter in den Tunnel zurückzuziehen. Im Schutz einer nahen Abzweigung spähte er neugierig um die Ecke und erkannte eine menschliche Gestalt, die zu dem zerborstenem Kübel trat. Aazarus presste sich gegen die Wand, als er im Fackelschein Rencks Gesicht erkannte.

›Was mache ich nur?‹, fragte er sich verzweifelt. Tausend Gedanken schossen ihm gleichzeitig durch den Kopf: Sollte er wegrennen oder versuchen sich weiter versteckt zu halten? Da kam ihm das Kurzschwert in den Sinn, das Kralle ihm mitgegeben hatte. Seine Hand umfasste zögerlich den kalten Griff und zog es aus der Scheide. ›Wenn er jetzt näher kommt‹, dachte Aazarus, ›dann könnte ich ...‹

»He, Renck, hast du etwas entdeckt?«, schallte eine Stimme durch den Tunnel.

»Nein, Boss, hier liegt nur ein zerbrochener Eimer. Er muss durch den Einstieg heruntergefallen sein.«

»Hast du Idiot etwa vorhin den Kanaldeckel nicht wieder aufgesetzt?«, ertönte es aus der Dunkelheit. »Egal, komm, wir haben keine Zeit zu verlieren. Draußen braut sich ein Unwetter zusammen, und ich möchte hier drin nicht ersaufen.«

»In Ordnung, Sense.« Renck stapfte davon.

Aazarus steckte erleichtert das Schwert zurück. Was hatten die beiden hier unten nur zu schaffen? Da fiel es ihm wie Schuppen von den Augen: Natürlich! Sense und Renck hatten dasselbe vor wie er selbst. Sie wollten sich über die Kanalisation Zugang zum Magierturm verschaffen. Wenn er ihnen jetzt auf den Fersen blieb, würden sie ihn direkt zum unterirdischen Einstieg führen!

Von einem Moment zum anderen schüttete es wie aus Kübeln und binnen Sekunden war der Nebel, der die Stadt eben noch in einen dicken weißen Schleier gehüllt hatte, verschwunden. Gleichzeitig zog ein kräftiger, dann bald stürmischer Wind auf, und ein fernes Donnergrollen verkündete ein nahendes Gewitter.

»Verflixt«, schimpfte Hauptmann Wühlig. Von dem Vordach des Hauses, unter das er geflüchtet war, ergoss sich der Regen in dünnen Wasserbändern und bildete zu seinen Füßen eine riesige Pfütze. ›Aber es hat ja auch sein Gutes‹, kam es ihm in den Sinn, ›zumindest hat das Unwetter diese undurchdringlich Suppe vertrieben.‹ Er beschloss, diese unverhoffte Situation nicht ungenutzt verstreichen zu lassen. Jetzt bestand die Chance, diesen kleinen Gauner doch noch zu finden, der ihm eben buchstäblich in die Arme gelaufen, dann aber wieder entwischt war. Waster versuchte sich zu erinnern, in welche Richtung der Halbling geflohen war. ›Schwer zu sagen, angesichts des Nebels. Richtung Altstadt oder zur Breda hinunter?‹ Aber brachte ihn dieser Ansatz überhaupt weiter? Musste er sich nicht eher fragen, wohin der Halbling eigentlich unterwegs gewesen war, als sie zusammenprallten? ›Er ist aus der Kesselklopfergasse gekommen und wollte vermutlich weiter Richtung

...‹ Waster schüttelte den Kopf. Das führte zu nichts. Er konnte nur die Umgebung durchkämmen und hoffen, dass der Halbling auf seinen kurzen Beinen noch nicht weit gekommen war. Also zog er den Kragen seines Mantels bis zum Kinn, machte sich wieder auf den Weg und konnte sein Glück kaum fassen, als er zwei Ecken weiter auf Wachmann Blomberg stieß, der mit seinem Trupp dicht gedrängt unter einem Torbogen Schutz gesucht hatte. Sogleich übernahm der Hauptmann das Kommando über die Männer und scheuchte sie hinaus in den Regen. ›Neun gegen einen‹, dachte er mit einem Lächeln, ›Bursche, dich kriege ich heute doch noch!‹

Aazarus watete durch die Kanalisation. Mit jedem Schritt wurde ihm der beißende Gestank des Abwassers unerträglicher und benebelte seine Sinne. Duselig kramte der Halbling nach seinem Taschentuch, um es sich vor die Nase zu halten. Er fand das Stoffknäuel in seiner Westentasche und als er es hervor zog, plumpste etwas mit einem tiefen Schmatzen in die Kloake. Bang hielt er einen Moment inne und spähte zum Lichtschein vor ihm. Als er sah, wie dieser sich weiter entfernte, atmete er erleichtert auf. ›Noch einmal gut gegangen‹ seufzte er und tupfte sich einige Schweißperlen von der Stirn. Sein Blick wandert hinab, als er mit seinen Füßen den Gegenstand ertastete, der ihm eben aus der Tasche gefallen war. Es musste etwas kleines, längliches und metallisches sein. ›Hauptmann Wühligs Drachenschlüssel!‹

schoss es Aazarus durch den Kopf, als er auf das rosa Taschentuch sah, welches er fest in der Hand hielt. Angeekelt griff er nun ins Abwasser, angelte den Schlüssel hervor und konnte gerade noch rechtzeitig zur Seite springen, als eine aufgeregte Schar von fiepsenden Ratten an ihm vorbeiflüchtete. Mit einem unguten Gefühl im Magen spähte er über seine Schulter in die Leere des Tunnels, aus dem die Tiere überstürzt aufgetaucht waren. Und dann, mit einem Male, vernahm er ein Rauschen, das langsam zu einem wilden Brausen anschwoll. Schnell steckte der Halbling den Schlüssel zurück in die Tasche und rannte los. Obwohl er nun zu Sense und Renck hätte aufschließen müssen, kam er dem Licht der Fackel nicht näher. Ein untrügliches Zeichen, dass auch die beiden Ganoven mittlerweile die Bedrohung gewittert haben mussten, die da auf sie zurollte.

Durch die Ablaufrinnen der Bürgersteige schossen inzwischen kleine Wasserfälle von der Decke des Kanals in die Kloake. Aazarus geriet langsam in Panik. Er kam immer schwerer voran, denn der Wasserpegel reichte ihm schon bis über die Knie. Zu allem Übel war er plötzlich auch noch in völlige Dunkelheit gehüllt. Was war geschehen? Hatten Renck und Sense einen rettenden Ausgang erreicht und waren nun auf und davon? Mit ganzer Kraft schob Aazarus sich durch die Fluten voran, als er schließlich erleichtert den Schein der Fackel erspähte. Renck und Sense waren in einen schmaleren Seitenkanal abgezweigt, der leicht aufwärts führte. Beide standen unweit von ihm entfernt, und Aazarus konnte im Tosen des Wassers undeutlich ihre Stimmen vernehmen. Vorsichtig lugte er um die Ecke und sah Renck eine kleine Flasche aus der Manteltasche hervorholen, aus der beide einen Schluck nahmen. Aazarus traute seinen Augen kaum, denn mit einem Mal wurden die beiden Körper von einem bläulichen Leuchten umhüllt und begannen samt Kleidung zu schrumpfen, bis sie schließlich nur noch die Größe eines Gnoms maßen. Wie war das nur möglich? Hier musste Magie im Spiel sein. Sense und Renck besaßen allem Anschein nach neben Unsichtbarkeitspulver noch weitere magische Mixturen.

Die geschrumpften Gestalten liefen nun weiter den Tunnel hinauf und Aazarus setzte die Verfolgung fort. Nach einigen Metern erreicht er dessen Ende und sah gerade noch wie Sense und Renck auf allen Vieren in ein schmales Metallrohr krabbelten, dass aus der Wand ragte.

›Auch das noch!‹, seufzte Aazarus und spähte in die dreckige Öffnung hinein, die von einem schwefeligen Geruch erfüllt war. Er sah nichts außer Dunkelheit, hörte jedoch die beiden Gauner vorankriechen. Sicherheitshalber ließ er eine Weile verstreichen, bevor er sich ebenfalls in das Rohr zwängte, das enger war als angenommen. Ein Beklemmungsgefühl machte sich in ihm breit. Immer wieder blieb er stecken und kam nur mühsam voran, bis endlich hinter einer Biegung ein helles Licht das Ende der Röhre ankündigte.

Goldene Funken sprangen und zischten über den Schaft des Magierstabes hinweg. Im Raum wurde es heiß und so gleißend hell, dass Wittelbroth zum Schutz seinen Arm vors Gesicht hielt. Staub und Papier wirbelte auf. Meister Trasparan erhob beide Hände, fixierte die Metallkiste in der Mitte des Arbeitszimmers und begann eine Zauberformel aus dem vor sich aufgeschlagenen Buch zu sprechen. Während er die Worte langsam und deutlich vortrug, entfachte sich ein regelrechter Wirbelsturm. Bücher, Gläser, Bilder, Kerzen und Möbel stürzten zu Boden und wurden schließlich durch den Raum geschleudert. Alles kreiste um den Magier und das Zauberbuch, die scheinbar völlig unbeeinflusst die Zentren der magischen Kraft bildeten. Wittelbroth stemmte sich gegen den Wind und kämpfte sich Schritt um Schritt zu einer großen Statur vor, die Dank ihres Gewichtes noch immer an ihrem Platz stand. Dort suchte er Schutz und kauerte sich an den Marmor.

Trasparan zog eine Zauberkomponente aus seiner roten Robe; eine schwarze Greifenfeder. Diese verschwand mit einem lauten Knall und entfachte eine starke Ladung Energie, die das gesamte Zimmer durchdrang. Blitze schossen aus dem Buch hervor, aus dem der Zaubermeister noch immer die Formel ablas. Die Metallkiste erhob sich mit einem Mal und wirbelte durch die Luft. Sie schien sich zu dehnen und wieder zusammen zu ziehen. Immer schneller und immer heftiger wiederholte sich dieser Vorgang. Auch die steinernen Wände folgten diesem Rhythmus und bekamen kleine Risse. Nun wurde der Sturm noch stärker, riss die Statue samt Gnom von ihrem Platz und schleuderte beide durch den Raum.

Energieblitze entluden sich und schossen durch die Luft in alle möglichen Richtungen. Trasparans Stimme wurde lauter und kräftiger. »Siranda, SIRANDA, **SIRANDA**«, ertönten die Worte, die einem Befehl gleich kamen.

Das Unwetter gewann an Stärke. Doch Hauptmann Wühlig dachte keinen einzigen Moment daran, zur Stadtwache zurück zu kehren. Noch wollte er es nicht aufgegeben, diesen kleinen, hinterhältigen Halbling aufzuspüren, der ihm in den letzten Tagen so viele Unannehmlichkeiten bereitet hatte. Von Ferne schrillte eine Trillerpfeife. Das Zeichen! Eine der Wachen musste den Halbling tatsächlich gefunden haben. Hauptmann Wühlig folgte dem wiederkehrenden Geräusch und erreichte in Begleitung eines Donnerhalls den Holzmarkt, auf dem sich die gesamte Wachmannschaft bereits eingefunden hatten.

»Und, wo ist der Gauner!?«

Wachmann Blomberg trat an Waster heran. »Konnte eine flüchtige Person bis hierher verfolgen, Herr Hauptmann. Dann habe ich ihn leider aus den Augen verloren. Er muss sich aber hier irgendwo versteckt halten.«

»Nun gut, durchsucht jeden Winkel des Platzes!«, befahl Waster fast schreiend, um gegen das Getöse des Windes anzukommen.

Die Wachmänner verteilten sich. Wühlig selbst begab sich zu einem Häusereingang und stellte sich unter dessen Torbogen. Von hier aus konnte er den gesamten Markt überschauen. Ein Blitz schoss aus dem Abendhimmel. Wasters Blick überflog die Häuserwände und kam abrupt zum Stillstand, als er den Magierturm erreichte. Durch die geschlossenen Fensterläden im obersten Stockwerk drang ein starkes Leuchten und mehrere dünne Lichtstrahlen ragten von dort in den Gewitterhimmel hinein. Es war schwierig durch den strömenden Regen Näheres zu erkennen, aber der gesamte Turm schien bläulich zu schimmern und zu vibrieren. Dachziegel lösten sich, rutschten die Schräge hinab und zersprangen auf dem Kopfsteinpflaster.

»Zum Teufel nochmal!«, fluchte Waster »Was ist denn da schon wieder los? Diese verfluchten Magier! Ich hasse sie!« Er stürmte auf den Platz und rief seine Männer zusammen. »Schnell, alles sofort zum Magierturm, da stimmt was nicht!«

»Schauen Sie Herr Hauptmann! Dort!« Blomberg war herangeeilt und wies auf die rechte Außenseite des Gemäuers. »Da klettert jemand die Fassade empor!«

Wühlig kniff die Augen zusammen. Mittlerweile war es dunkel geworden, und nur die schwarzen Umrisse der Häuser hoben sich schwach vom verhangenen, regnerischen Nachthimmel ab.

»Wovon reden Sie eigentlich? Da ist nichts. Wir haben jetzt wirklich keine Zeit für ihre Fantastereien, Blomberg. Und nun kommen Sie.«

Aazarus erreichte das Ende der Röhre. Es eröffnete sich ihm ein großer fensterloser Raum, angefüllt mit seltsamen Gerätschaften. Ein riesiger Kessel von enormem Durchmesser bildete das auffälligste unter diesen Objekten. Er hing in einem Holzgerüst, befestigt an dicken Seilen und Ketten. An der einen Seite besaß er einen Ausguss. Direkt darunter verlief im Boden eine Ablaufrinne, die zum Rohr führte, aus dem der Halbling gerade gekrochen war. Aazarus betrachtete die seltsame Konstruktion etwas näher und stellte fest, dass man mit Hilfe der Seile und Ketten den Kessel nach vorne kippen und eine darin befindliche Flüssigkeit in die Kanalisation leiten konnte. Sein Blick wanderte über die zahlreichen Regale, die randvoll mit unterschiedlich großen Gläsern gefüllt waren, in denen sich farbige Puder und Flüssigkeiten befanden. In ellenhohen Flaschen wiederum erkannte er eingelegte Tiere, Pflanzen und weitere undefinierbare fleischige Dinge. Der Halbling lief zu einer seitlichen Treppe, über die Sense und Reck den Raum verlassen haben mussten. Er erklomm die Stufen zu der Tür und öffnete sie vorsichtig. Es schaute in ein prachtvolles und mit kostbaren Möbeln eingerichtetes Zimmer. An den Wänden hingen große Gemälde, an der Decke ein pompöser Kristallkronleuchter und der Boden war mit edlen Teppichen ausgelegt. Aazarus war verblüfft. Die Eingangshalle des Turmes, die er vor zwei Tagen nächtens durchquert hatte, war vollkommen verändert und das Inventar des Raumes ausgetauscht worden.

Ein hölzernes Knarren durchdrang die Stille. Aazarus spähte um den Türflügel und entdeckte Sense und Renck, die gerade zur nächsten Etage emporschlichen. Beiden besaßen wieder ihre normale Körpergröße und hatten ihre Schwerter kampfbereit. Der Halbling wartete einen Augenblick, bis die Halunken nicht mehr zu sehen waren und folgte ihnen. Unbemerkt erreichte Aazarus den obersten Treppenabsatz und spähte um die Ecke in das Schlafzimmer. Einige Meter entfernt stand Sense mit dem Rücken zu ihm. Renck dagegen erklomm die Stufen zur nächsten Etage, von der ein seltsames Pfeifen nach unten drang. Da begann der Boden unter Aazarus Füßen unversehens zu vibrieren und ein matter bläulicher Schein, der Wärme ausströmte, erfasste seinen Körper. Aazarus stutze. Die Sache gefiel ihm ganz und gar nicht.

SIRANDA, SIRANDA«, befahl Trasparan erneut. Die Wände erbebten und bekamen immer größere Risse. Der ganze Raum war von starker Energie durchdrungen und drohte wie ein brodelnder, ventilloser Kessel zu zerbersten. Die Metallkiste schwebte in der Luft und drehte sich derart schnell um ihre eigene Achse, dass ihre Konturen nicht mehr zu erkennen waren. Blitze bildeten sich aus dem Nichts und schossen in die Truhe, die daraufhin zu glühen begann.

»Ja, ja, gleich ist es so weit! Ich spüre es«, triumphierte Trasparan begeistert. »Jeden Augenblick wird sie zerbersten!« In jenem Moment öffnete Renck die Tür einen Spaltbreit. Der angestaute Energiesturm nutzte die winzige, aber ausreichende Lücke und entwich mit einem immensen Druck aus dem Raum, wodurch die Tür aus den Angeln gerissen wurde.

»Bei den Göttern!«, schrie Trasparan und warf sich unter den Tisch, »das gibt eine gewaltige Explo...«

Hauptmann Wühlig stand wie ein durchnässter Pudel vor dem Eingangstor des Magierturmes und diskutierte erhitzt mit den davor postierten Söldnern.

»Ich will sofort wissen, was darin vorgeht und deshalb werde ich jetzt dort hineingehen. Egal ob Sie wollen oder nicht!«, brüllte Waster aus vollem Halse und drehte sich zu seinen Wachmännern um. »Festnehmen! Beide – sofort! Sie, Sie und Sie, mitkommen! Ja, auch Sie, Blomberg! Der Rest bleibt hier draußen. Niemand darf den Turm ohne meine Erlaubnis weder betreten noch verlassen, verstanden?«

Waster rückte seine Rüstung und seinen Helm zurecht, straffte sich und trat einen Schritt vor. Er griff nach der Klinke, doch, wie er es bereits erwartet hatte, war die Tür von innen verriegelt.

»Aufmachen! Im Namen der Mooriner Stadtwache befehle ich Ihnen, mich unverzüglich einzulassen! Sollten Sie sich meinem Befehl widersetzten, wird das strafrechtliche Konsequenzen nach sich ziehen!«

In diesem Augenblick entlud sich eine gewaltige Explosion, die das gesamte Gemäuer in seinen Grundfesten erschütterte. Waster und seine Mannen wurden von der Druckwelle auf das Kopfsteinpflaster geschleudert, und es war ein Wunder, dass niemand von den herabfallenden Fassadenteilen ernsthaft verletzt wurde, die es mit einem Male zu regnen schien.

»Ich hasse Magier!«, übertönte eine verärgerte Stimme den nächtlichen Sturm.

Als der kurze, aber heftige Steinschauer vorüber war, richtete sich die Wachmannschaft zögerlich wieder auf.

»Herr Hauptmann? Geht es Ihnen gut?«, erkundigte sich Blomberg, der seinem Vorgesetzten auf die Beine half.

»Ja doch, alles in Ordnung. Aber jetzt lassen Sie mal Ihre Hände von mir. Ich schaffe das schon allein.«

»Wie Sie befehlen.«

Waster hatte sich gerade den gröbsten Dreck von seiner Rüstung gestrichen, als Blomberg, aufgeschreckt durch einen hellen Blitz, der plötzlich durch den Nachthimmel zuckte, sich schützend auf den Hauptmann warf.

Der Staub schwebte zu Boden und legte sich wie ein weißes Tuch über die Trümmer, so als ob er den zerborstenen Raum unter sich verbergen wollte. Über allem wankte quietschend noch immer der riesige Kristallleuchter, bis er sich aus seiner Halterung löste und klirrend in tausend Teile zersprang. Dann – für einen unendlich langen Moment – herrschte absolute Stille.

„Ohhhh! Bei allen Göttern!" Aazarus krabbelte auf allen Vieren hinter dem zerfetzten Kanapee hervor. Nur mühselig gelang es ihm, sich aufzurichten und einen festen Halt zu finden. „Hallo? Kann mich jemand hören?" Vorsichtig strich er sich mit dem Ärmel den brennenden Schmutz aus den Augen. Dann torkelte er einige Schritte über den Schutt zu einer halb zerstörten Büste hinüber und auf ihr Platz.
„Bitte, kann mir denn keiner helfen?" Aazarus hielt sich den dröhnenden Schädel. Nur langsam setzten sich die verschwommenen Bilder in seinem Kopf zu einem sinnvollen Ganzen zusammen und verdeutlichten ihm das gewaltige Ausmaß der Zerstörung um ihn herum. ›Was ist bloß geschehen? Wo bin ich hier?‹ Ratlos ließ Aazarus seinen Blick durch den Raum schweifen, in der Hoffnung auf irgendeinen

Anhaltspunkt zu stoßen, der seinem Gedächtnis auf die Sprünge helfen könnte. Und in der Tat, ein angesengter Magierumhang, der direkt vor seinen nackten Füßen lag, lieferte ihm schließlich den erhofften Hinweis. Ja, jetzt konnte er sich wieder entsinnen. Die Verfolgung im Kanal, Almuthars Laboratorium, das bläuliche Leuchten und dann dieser gewaltige Knall.

Ein pochender Schmerz holte den Halbling aus seinen Gedanken. Zaghaft führte er seine Hand zur Stirn und bemerkte eine blutende Wunde, dicht über der rechten Augenbraue. Aazarus griff nach dem Umhang, als ein hölzernes Ächzen die Decke durchzog. Ängstlich beäugte er die angekohlten, dicken Balken über sich, die erneut ein qualvolles Knarzen von sich gaben. Behände band sich Aazarus den Stoff um seinen Kopf und bahnte sich dann, so schnell seine noch unsicheren Beine es zuließen, einen Pfad durch die Trümmer. Die heftige Explosion musste ihn vom oberen Stockwerk bis hinunter in das Empfangszimmer geschleudert haben, denn am Ende des Raumes erkannte er die große, schwere Eingangstür wieder. Nachdem er die Überreste der Sitzpolster erklommen und schon die Klinke vor sich sah, stieß er sich seinen Zeh an einer großen Metallkiste. »Verflixt«, schimpfte Aazarus und biss sich auf die Lippe. Wütend gab er dem Gegenstand einen Tritt. Als er ein zweites Mal ausholen wollte, hielt er inne. ›Diese Kiste kenne ich doch‹, dachte er. ›Die hatte in dem seltsamen Keller gestanden!‹ Er entsann sich, dass er vorhin noch mit Kralle über sie gesprochen hatte – und über einen magischen Stab, der sich darin befinden sollte. Neugierig versuchte er sie öffnen – ver-

geblich, sie war fest verschlossen. Erschöpft setzte er
sich auf ihren Deckel und wischte sich den Schweiß
von der Schläfe. ›Was mache hier eigentlich gerade?‹,
sinnierte er. ›Ich sollte lieber schleunigst hier raus,
anstatt nach irgendwelchen Zauberstäben zu suchen.
Kralle hat Recht gehabt. Es war kompletter Irrsinn,
allein in diesen Turm zu schleichen, um meine Unschuld zu beweisen.‹ Aazarus schüttelte den Kopf,
dann schlug er mit der Faust dreimal auf die Truhe.
»Also gut!«, rief er und wollte gerade von ihr hinab-
springen, als unversehens der Deckel aufschwang
und den überrumpelten Halbling nach hinten warf.

Nachdem Aazarus sich wieder aufgerappelt hatte,
trat er wieder an die Truhe heran und lugte misstrauisch ins Innere. Auf dem Boden lag ein eindrucksvol-
ler Stab, halb so groß wie der Halbling selbst. Er bestand aus edlem Eibenholz und war mit vielen ver-
worrenen und in sich verschlungenen Intarsien ver-
ziert. An seiner Spitze funkelte, in Silber eingefasst,
ein kirschgroßer Rubin. Dieser Stab stellte ein außer-
gewöhnliches Meisterwerk dar, dies wusste Aazarus
sofort, denn er verstand sich im Gewerbe der Holz-
schnitzerei. Seine Familie betrieb schon seit mehre-
ren Generationen das Handwerk der Spielzeugma-
cherei, in das er selbstverständlich von Kindesbeinen
an auch unterrichtet worden war. Unter Kennern
mochte dieses Stück zweifellos einen Preis von meh-
reren tausend Goldmünzen erzielen. Schon allein der
Edelstein war ein Vermögen wert. Und dann noch
diese fabelhaften Ziselierungen! Phantastisch! Voller
Ehrfurcht hob er das prächtige Stück aus der schäbi-
gen Metallkiste.

»Nimm sofort deine dreckigen Hände von dem Stab, du kleine Kröte!«

Der Halbling zuckte zusammen. Hinter einem zertrümmerten Sofa kam Renck hervorgekrochen, übersät von Staub und Dreck. Er schien sich schwer am linken Knie verletzt zu haben, denn eine tiefe Wunde trat unter dem blutgetränkten, aufgerissen Hosenbein hervor. Unter sichtbaren Schmerzen humpelte er auf den Halbling zu.

»Nun gib ihn schon her, Kleiner! Ich rate dir – mach keinen Ärger. Ich weiß zwar nicht, wie du hier hinein gekommen bist und woher du den Stab hast, aber es ist nett von dir, dass du ihn mir jetzt gibst«. Renck streckte seine offene Hand aus. »Du hast doch keinen Schimmer, welchen Wert das Ding hat.«

»Doch, den habe ich sehr wohl«, erwiderte der Halbling. »Er ist sogar mehr als wertvoll.«

»Pah, ja glaubst Du? Dass ich nicht lache!«

»Ich kenne mich in diesem Handwerk aus«, entgegnete Aazarus mit einem stolzen Unterton, »schließlich habe ich so etwas auch schon angefertigt.«

Renck lächelte herablassend.

»Nun ja«, gestand der Halbling, »ich muss zugeben, solch einen Stab könnte ich nicht anfertigen.«

»Komm schon, Junge, lass den Quatsch.« Mit einem metallischen Klirren zog Renck sein Langschwert aus der Scheide, trat Aazarus gegenüber und hielt ihm die scharfe Klinge vor die Nase. »Rück' jetzt endlich den Stab heraus, sonst garantiere ich für nichts.«

Ängstlich fixierte Aazarus die Klinge, als er vorsichtig zurück wich. Dabei stolperte er über einen Balken, verlor sein Gleichgewicht und stürzte. Die Spitze des Langschwerts näherte sich und blieb kurz vor seiner Kehle stehen. »Nein!« flehte Aazarus verzweifelt, »Was habe ich denn getan?« Schweiß rann ihm von der Stirn.

Ohne mit der Wimper zu zucken, holte Renck aus, als in jenem Moment ein lautes, stumpfes Pochen erklang. Aufgeschreckt ließ er die Waffe sinken und schaute sich um. Als er sich wieder dem Halbling zuwandte, war dieser verschwunden.

»Noch einmal, Männer. Und dieses Mal noch kräftiger!«, befahl Hauptmann Wühlig. Trasparans Söldner standen gefesselt und geknebelt an der Wand und betrachteten mit Interesse das Geschehen. Die beiden Wachmänner nahmen erneut Anlauf, um mit der Wucht ihrer Körper die eichene Eingangstür aufzubrechen. Doch auch dieser Versuch blieb vergebens.

»Unmöglich, Herr Hauptmann, die Tür lässt sich nicht öffnen«, verkündete Blomberg das offensichtliche Resultat der Bemühungen. »Irgendetwas oder irgendwer muss sie von innen her blockieren.«

»Die Mooriner Stadtwache gibt niemals auf! Verstanden?! Niemals! Also macht weiter. Irgendwann muss die Tür nachgeben!«, brüllte Waster die missmutigen Männer an, denen der Regen ins Gesicht peitschte.

»Womöglich ist sie magisch versiegelt?«, meinte Blomberg. »Schließlich ist dies ein Magierturm. Wir sollten uns Hilfe bei der Magieruniversität holen, Herr Hauptmann!«

»Sind Sie verrückt geworden?«, polterte Waster. »Wir haben gerade genug Probleme und Sie wollen uns auch noch diese Irren auf den Hals hetzen?«

»Aber ... «

»Papperlapapp, Blomberg. Jetzt reißen Sie sich mal am Riemen! Es gibt nichts, was wir nicht auch ohne Magier meistern könnten.«

»Und was war mit dem Höllenhund? Den hat ... «

Waster schnaubte vor Wut. »Sie bewegen sich gerade auf dünnem Eis, Blomberg - auf sehr dünnem Eis.«

» ... «

»Noch ein weiteres Wort von Ihnen, und ich verdonnere Sie dazu die nächsten paar Monate die Latrinen zu putzen.«

Aazarus betrat das Schlafzimmer des Turmes. Auch hier herrschte ein heilloses Durcheinander. Nicht nur das prachtvolle Himmelbett war größtenteils zerborsten, auch die anderen Möbel waren zerstört. Zumindest war die weiterführende Treppe noch im Großen und Ganzen noch vorhanden und der Halbling stürzte in Panik getrieben ihr entgegen. Als er sich durch das Trümmerfeld mühte, stieß er auf einen reglosen Körper. Es war Sense, der da zwischen Brettern und Stofffetzen lag. Doch Aazarus hatte keine Zeit, inne zu halten. Schon hörte er Renck hinter sich:

»Bleib stehen, du entkommst mir ohnehin nicht! Warte nur, dein letztes Stündlein hat geschlagen!«

Aufgeschreckt kämpfte sich der Halbling weiter und erreichte strauchelnd die halb zerstörte Treppe. Das Geländer war auf der ganzen Länge abgebrochen und zwischen den verbliebenen Stufen klafften etliche Lücken. Zum Glück besaß Aazarus noch immer sein akrobatisches Talent und so hüpfte er wie eine junge Gämse im Gebirge, von einem Absatz zum nächsten, wobei viele der losen Holzbretter ihm unter den Füßen wegbrachen. Keuchend erreichte er schließlich das verwüstete Arbeitszimmer. Durch ein mannshohes Loch, das die Explosion in die Außenwand gerissen haben musste, peitschte das nächtliche Unwetter den Regen hinein. Die Silhouette eines alten Mannes wurde mehrfach auf den Boden geworfen, über dem eine hell leuchtende Kugel schwebte. Zögerlich trat Aazarus näher an den seltsamen Alten heran, der fluchend den Schutt durchwühlte.

»Wo ist sie nur? Vielleicht hat es funktioniert«, fauchte Trasparan und schleuderte zornig einige Bücherreste zur Seite. »Wo steckt sie nur! Und wo ist Wittelbroth, wenn man ihn mal braucht?«

»Hier bin ich«, erwiderte der Gnom und kam hinter einem umgestürzten Regal zum Vorschein. »Autsch, meine Schulter! Ein Wunder, dass ich noch lebe, den Göttern sei Dank!«

»Los, hilf mir die Kiste zu finden und hör' auf herumzutrödeln!«

»Jawohl, Meister!« Wittelbroth schleppte sich halb krauchend voran und wäre fast vom Trümmerberg hinabgepurzelt, als er den Halbling bemerkte, der mitten im Zimmer stand. »Meister, seht!«

»Hast du sie gefunden? Wo ist sie?« Der Zauberer folgte der Richtung, in die Wittelbroths Finger wies und ließ enttäuscht die Schultern hängen, als er den kohlrabenschwarzen Halbling erblickte. »Bei den sieben Höllen, wer bist du? Und was tust du hier?«

»Ähm also, wie soll ich das erklären …«

»Scher dich zum Teufel!«, unterbrach ihn Trasparan rüde. »Ich habe Dringenderes zu tun, als mich mit dreckigen Kindern herumzuplagen.«

»Aber, aber ...«, ratlos gestikulierte Aazarus in der Luft.

»Wittelbroth, sieh zu, dass du diesen Wicht los wirst!«, verlangte Trasparan, noch bevor Aazarus ein weiteres Mal ein flehendes Wort an den Alten richten konnte. Schon kam der Gnom zu ihm herüber und packte ihn am Arm. »Komm' schon, raus hier«, befahl er. Aazarus widersetzte sich. »Na los, mach schon!« Wittelbroth zog nun mit ganzer Kraft. Dabei bemerkte er den Stab, den Aazarus zwischen Hosenbund und Gürtel geklemmt hatte. »Meister Trasparan«, rief der Gnom aufgeregt, »Da! Da ... da ...«

»Stör' mich nicht länger, Wittelbroth, und tu, was ich dir aufgetragen habe.« grummelte der Magier und wühlte sich weiter durch den Trümmerhaufen.

»Aber, Meister, ist das nicht das Artefakt?!«

»Was sagst du da, Wittelbroth?« Trasparan ließ den barbusigen Marmortorso fallen, den er gerade in den Händen hielt und eilte zu ihnen hinüber. Mit wirrem Blick beschaute der Magier das Holzstück.

»D-Da-Das ist er! Endlich!« Das Gesicht des Zauberers verzog sich zu einer grinsenden Fratze und sein teuflisches Gelächter hallte an den Wänden des düsteren Raumes wider. Donner grollte. Aazarus wurde unheimlich zumute, als er den Wahnsinn in den holen Augen des Magiers erkannte und tat unwillkürlich einen Satz zur Seite. Auch dem Gnom schien der Anblick seines Lehrmeisters einen Schauer über den Rücken gejagt zu haben, denn er trat ein paar Schritte von seinem Meister zurück. Wie eine Wolke, die das Sonnenlicht von einer Sekunde auf die nächste verschattete, verfinsterte sich die Miene des Magiers. »Junge, los, reich' mir den Stab, er gehört mir!«

›Das habe ich doch schon einmal gehört‹, dachte der Halbling. und wich weiter nach hinten aus, ohne die Augen von Trasparan abzuwenden. Eine heftige Sturmböe fegte durch den Raum. Sie erfasste einige verkohlte Buchseiten, die Aazarus' Ohr streiften und wirbelte sie durch das Loch in der Außenmauer hinaus in die Nacht.

»Ich warne dich!«, drohte der Magier. »Das ist kein Spielzeug, das du da mit dir herumträgst. Dieser Stab ist zu gefährlich in den Händen eines infantilen Trottels wie dir.« Eine knochige, langgliedrige Hand wurde ihm entgegen gestreckt, gespreizt wie eine Tarantel bereit zum Angriff. Kurz bevor der Magier ihn packen konnte, tat Aazarus einen weiteren Satz nach hinten.

»Nun gut! Du lässt mir keine andere Wahl.« Trasparan hob die Arme, zeichnete mit seinen Fingern geheimnisvolle Muster in die Luft und begann eine Formel zu sprechen. Knisternde Funken bildeten sich an seinen Fingerkuppen, während er die sonoren Worte wiederholte. Aazarus kauerte sich an die Wand und suchte panisch nach einem Ausweg.

»Vorsicht Meister, hinter Euch!«, doch Wittelbroths Warnung kam zu spät. Renck, der Aazarus auf den Fersen geblieben war, hatte bereits auf der Treppe mehrere Stimmen vernommen und wusste, dass der Halbling nicht allein im oberen Zimmer sein konnte. Also war er zunächst hinter der angelehnten Tür geblieben, um das Geschehen aus dem Verborgenen zu verfolgen. Auch wenn er sich selbst als einen erfahrenen Kämpfer einschätzte, so sagte ihm sein Gaunerverstand, dass er dem Magiermeister in einem offenen Zweikampf unterlegen wäre. Als Trasparan aber seinen Zauberspruch begann, war für Renck die Gelegenheit gekommen, den unaufmerksamen Magier aus dem Weg zu räumen. Renck kam aus der Deckung gesprungen und bohrte ihm die Klinge in den Rücken. Schmerzverkrampft sackte Trasparan zu Boden. Kaltblütig stieß Renck sein Opfer beiseite und hielt geradewegs auf Aazarus zu, ohne Wittelbroth Beachtung zu schenken, der wie gelähmt nur einige Schritte entfernt stand. Dieser starrte fassungslos auf seinen Meister, der in seiner eigenen Blutlache lag und sich nicht mehr regte. Doch der Gnom besann sich schnell und durchsuchte hektisch die Taschen seiner Robe, holte eine kleine Phiole hervor und goss deren Inhalt in den Mund seines Lehrmeisters.

»So, du kleine Made, jetzt bist *du* dran!« Renck hob drohend das Langschwert, von dessen Spitze das frische Blut tropfte.

»Nein, bitte!«, flehte Aazarus. »Ich habe dir doch gar nichts getan! Was willst du denn von mir?«

»Hör auf zu labern, du Kröte! Ich will den Stab und wenn du ihn mir nicht gibst, werde ich ihn mir eben holen – egal mit welchen Mitteln.«

Nichts lieber hätte Aazarus getan, als Renck den verfluchten Gegenstand einfach vor die Füße zu werfen, aber eine innere Barriere hinderte ihn daran - als wäre sein Arm, der den Stab hielt, nicht Teil seines Körpers. Warum um Himmels Willen wollte er ihm nicht gehorchen?

»Nun gut, du hast es nicht anders gewollt!«

Renck holte aus. Instinktiv hob Aazarus seinen Arm schützend vor das Gesicht. Noch während die Waffe in der Luft verharrte, sah der Halbling, wie ein schwerer Zinnbecher Renck am Kopf traf. Wutschnaubend drehte sich der Ganove nach dem Angreifer um. Aazarus konnte gerade noch den Gnom ausmachen, bevor dieser aus dem Raum floh. Renck setzte dem Magierlehrling sofort nach, doch schon an der Tür besann er sich wieder. So kurz vor dem Ziel gab es Wichtigeres, als sich an diesem verfluchten Winzling zu rächen.

„Also gut Halbling, ..." Renck stockte und eine schäumende Wut brodelte in ihm empor, als er feststellte, dass Aazarus ihn abermals entkommen war. »Zeig dich, du kleiner Wurm! Es ist aussichtslos, sich vor mir zu verstecken. Ich werde dich sowieso finden.«

Es donnerte. Wie eine Raubkatze auf der Pirsch, schlich Renck über den Schutt. Ab und an schleuderte er mit der Schwertspitze Gerümpel beiseite, unter dem er den Halbling vermutete. Nachdem er jeden Winkel des Raumes durchsucht und unter jedes größere Trümmerstück geschaut hatte, trat er an die Maueröffnung heran. Der nächtliche Sturm zerrte an seiner zerfetzen Kleidung, als er durch das Loch in die Tiefe schaute. Renck spähte nach oben und entdeckte den durchnässten Halbling über sich, der an der Außenwand des Turmes klammerte und versuchte, zum Dach zu gelangen. Breite Risse im Mauerwerk, die sich durch die Explosion gebildet hatten, halfen Aazarus dabei, an dem glitschigen Gemäuer Halt zu finden. Starr heftete der Halbling seinen Blick an die Turmspitze und vermied es tunlichst, hinabzuschauen.

Stahl traf auf Stein. Aazarus sah nach unten und schaute in das wutentbrannte Gesicht von Renck. Flugs zog er sein Bein nach, um aus der Reichweite der Schwerthiebe zu gelangen. Doch der Blick in die Tiefe brachte ihn aus dem Gleichgewicht, mit einem Schlag hatte ihn die Höhenangst wieder gepackt. Für einen Augenblick wurde ihm schwindelig, sein linker Fuß verlor den Halt und fast wäre er abgestürzt. Nur mit letzter Not gelang es ihm sich an die Wand zurückzuziehen. Für einen Moment hing er nur reglos da und musste sich sammeln, bevor er es wagte weiter zu klettern.

»Ich erwisch' dich noch«, schrie Renck. Immer wieder holte er mit seiner Waffe aus, aber Aazarus entfernte sich stetig und erreichte schließlich ermattet den breiten Dachsims. Von hier aus ragte nur noch das kegelförmige Spitzdach in den stürmischen Nachthimmel. Der Regen rann in Strömen die Ziegel hinab, strudelte in die überlaufenden Regenrinnen zu den dämonisch anmutenden Wasserspeiern hin, aus deren aufgerissenen Mäulern der Schwall in die Tiefe stürzte. Im Licht der zuckenden Blitze grinsten Aazarus die Steinwesen hämisch an, so als ob sie wüssten, dass er nun in einer Falle saß. Vorsichtig taste er sich den Sims entlang, in der Hoffnung eine Tür, ein Fenster oder einen sonstigen Ausweg zu finden. Auf den schmierig-moosigen Steinen geriet er mit einem Male gefährlich ins Rutschen, riss dabei mehrere Dachschindeln nach unten und klammerte sich im letzten Moment an eine der Figuren.

Die hinabstürzenden Schindeln verfehlten nur knapp Hauptmann Wühlig, der mit seinen Mannen noch immer damit beschäftigt war, die Eingangstür einzurammen. Aufgeschreckt spähte Waster nach oben. »Sehen Sie das auch, Blomberg? Da oben an der Traufkante ist doch jemand! Also gut, was auch immer hier gespielt wird, ich werde dem ein Ende setzen!«

Hoch oben auf der Turmkrone tastete sich Aazarus weiter voran, ohne eine Idee zu haben, wie er unbeschadet zum Erdboden gelangen sollte. Tief in Gedanken versunken, hätte er beinahe zum zweiten

Male das Gleichgewicht verloren, als plötzlich der Wasserspeier vor ihm zu Sprechen begann.

»He, Kleiner, wohin des Weges?«

»W-w-wie bitte?«

»Wer bist du?«

»Ich ... ich ... ich bin Aazarus Lichtkind.«

Hinter dem Steingötzen kam eine schlanke, große Person hervorgetreten. In der Dunkelheit konnte Aazarus sie kaum auszumachen, denn sie war von Kopf bis Fuß schwarz gekleidet und selbst ihr Gesicht wurde von einer tiefen Kapuze verdeckt. Nur das scharfe Langschwert in ihrer Hand funkelte im Licht eines Blitzes für einen Moment silbern auf.

»Was machst du hier?«

Der Halbling hatte einen Kloß im Hals und konnte kaum eine Antwort über die Lippen bekommen. »Ich ... ich ... ich bin auf der Flucht.«

»So, auf der Flucht?« Die schwarze Gestalt hielt für einen Moment inne. »Vor wem?«

»Vor einem skrupellosen Meuchelmörder. Der will mich umbringen!«

»Ach, was du nichts sagst.«

»Bitte, helfen Sie mir!«, flehte Aazarus und wollte den Fremden am Arm greifen. Doch dieser wich sogleich zurück, denn in jenem Moment erschien Renck auf dem Sims.

»Ich schwöre dir, ich werde dir die Kehle aufsch ...«, setzte er an, als er unversehens der dunklen Person gegenüberstand.

»Wer auch immer du bist, lass mich vorbei. Ich will nichts von dir«, sagte Renck und wies gebieterisch auf Aazarus. »Ich will nur diesen kleinen Wicht dort!«

»Was wollt Ihr von ihm?«

»Das geht dich nichts an. Das ist eine Sache zwischen mir und diesem jämmerlichen Knirps da!«

»Verzeihung, aber aus dieser Sache kann ich mich leider nicht heraushalten.«

Aazarus seufzte erleichtert. Der Fremde schien ihn tatsächlich beschützen zu wollen. Aber konnte er das auch? Renck würde sicherlich nicht zögern, sein Schwert gegen ihn einzusetzen.

»Ich bin dem Kleinen selbst auf der Spur«, fuhr die Gestalt fort. »Und da läuft er mir unverhofft hier oben in die Arme. Das hatte ich wahrlich nicht erwartet.«

»Oh, von mir aus kannst du mit ihm anstellen, was du willst. Ich will nur den Stab dort haben. Er gehört mir«, erklärte Renck, der ungeduldig wurde.

»Nun mal langsam, Bursche. Um eines klar zu stellen: Das Schicksal des Halblings liegt nicht in meinem Interesse. Das einzige, das ich beanspruche ist der Stab, den er bei sich trägt.«

Aazarus war perplex. Die beiden sprachen von ihm wie von einen klapprigen Gaul, dessen Zaumzeug mehr wert war als das Tier selbst. Was konnte an diesem Stab nur so interessant sein, dass so viele ihn in die Hände bekommen wollten und nicht einmal vor Gewalt, ja sogar Mord zurückschreckten? Und warum musste ausgerechnet er, Aazarus Lichtkind, ungewollt an dieses Holzstücks gelangen, um nun zwischen den Fronten von Banditen zerrieben zu werden? Ein Gefühl, das zwischen Machtlosigkeit und Zorn pendelte, überkam ihn und manifestierte sich in einem finsteren Blick, in dem man Kastanien hätte rösten können. Doch keiner der beiden Gauner nahm davon Notiz. Stattdessen entfachte sich gerade ein Streit zwischen ihnen.

»Das wird sich gleich zeigen, wer den Stab an sich nimmt«, knurrte Renck und zog sein Schwert aus der Scheide.

»Ja, da habt Ihr Recht. Das wird sich wahrlich gleich zeigen.«

Auf dem nassen Dachsims standen sich die Gegner nun frontal gegenüber und musterten sich wie zwei Wölfe, die entschlossen waren, ihre Beute bis zum Tode zu verteidigen. Renck war schließlich der erste, der in die Attacke überging. Er hob sein Schwert und zielte es direkt Richtung Brustkorb. Geschickt blockte die schwarze Gestalt den Hieb ab und setzte, zu Aazarus' Überraschung, mit einer spektakulären Flugrolle über Renck hinweg. Sie landete präzise hinter ihm auf dem schmalen Sims, drehte sich blitzschnell um und stach zu. Renck war verblüfft, konnte sich aber noch rechtzeitig ducken, sodass die scharfe Klinge ihr Ziel verfehlte und funkensprühend einen der Wasserspeier traf.

Wie paralysiert stand Aazarus nur einige Meter entfernt und staunte über die Perfektion des Zweikampfes. Angespannt verfolgte er, wie nun Renck den Angriff erwiderte. Schneller als die Augen es wahrnehmen konnten, schlug er mehrfach hintereinander auf seinen Gegner ein. Gewandt parierte dieser stets die Hiebe und konterte sogleich. Für einige Sekunden hielten die Widersacher plötzlich inne und musterten einander, bevor sie sich wieder mit ihren Langschwertern duellierten. Der Kampf war eine Ansammlung von sich drehenden, duckenden und springenden Körpern, zwischen denen messerscharfe Klingen wirbelten, stießen und krachten.

Mit einem hinterhältigen Tritt brachte Renck die schwarze Gestalt schließlich zu Fall. Wie ein wehrloser Käfer lag sie rücklings am Boden, wobei ihr Oberkörper schon bedrohlich weit über den Sims ragte. Renck, der über ihr kniete, zog einen Dolch aus seinem Stiefel und zielte auf das Herz. Mit letzter Kraft packte der Fremde Rencks Handgelenk und stoppte den Angriff, kurz bevor die Klinge tödlich zustoßen konnte. Die Kontrahenten wälzten sich nun auf dem schmalen Grad zwischen Dach und Abgrund hin und her und rangen ächzend um die Waffe. Völlig aufgelöst verfolgte Aazarus, wie das kämpfende Knäuel zentimeterweise immer weiter zum Rand des Turmes vorrückte. Renck bekam die Kapuze seines Gegners in die Hände und zog sie mit einem Ruck zurück. Es donnerte. Was nun geschah, konnte Aazarus sich nicht erklären. Soweit er es im Dunkeln erkennen konnte, nahm Renck seine Hände von dem Fremden und wich entgeistert zurück. Dieser Moment der Unachtsamkeit sollte ihm jedoch zum Verhängnis werden, denn die Gestalt packte Renck am Bein und stieß ihn vom Sims. Ein markerschütternder Schrei ertönte, gefolgt von einem dumpfen Aufprall.

Auf dem Marktplatz war Hauptmann Wühlig dem Stürzenden mit einem rettenden Sprung ausgewichen. Sogleich beugte er sich über den reglosen Körper und untersuchte ihn vergeblich auf ein Lebenszeichen.

»Tja, für den hier kommt jede Hilfe zu spät«, stellte er trocken fest. Was mochte sich da oben eigentlich abspielen? Waster wandte seinen Blick zur Turmspitze und entdeckte jemanden, der über den Rand des Daches lugte. Leider war es viel zu dunkel, als das er Einzelheiten hätte ausmachen können. Doch da kam dem Hauptmann unverhofft ein Blitz zur Hilfe, der die Umgebung für einen Moment taghell erleuchtete.

»Nein, das glaube ich nicht!«, rief Waster perplex. »Dieser verfluchte, kleine Teufel. Ich hätte es wissen müssen!«

Schnell zog der Halbling seinen Kopf zurück und stieß gegen zwei schwere Lederstiefel. Ängstlich wanderte sein Blick den schwarzen Mantel hinauf, bis zur Kapuze, unter der der unheimliche Fremde sein Gesicht verborgen hielt.

»Darf ich nun um den Stab bitten?«, flüsterte er dem Halbling mit rauer Stimme zu. »Wir wollen uns doch darum nicht streiten, oder?«

»S ... s ... sicherlich nicht. Ich ... ich hatte sowieso nicht vor, ihn für mich zu behalten. Das ist doch alles nur ein Missverständnis.«

»Ein Missverständnis. Sicher, das sehe ich genauso.«

Aazarus griff nach dem Stab, der noch immer zwischen seinem Gürtel und dem Hosenbund steckte. Er spürte jedoch, wie sich ihm die eigene Hand erneut zu widersetzen schien. Nur mit Mühe ließ sich sein Arm nach vorne führen. Zum Zugriff bereit, streckte die dunkle Gestalt ihre Finger aus, die mit einem Mal von einem Glitzern umgeben waren. Noch bevor er den Stab übergeben konnte, war sein Gegenüber von einem rötlichen Nebel umschlossen.

»He, was ist das?« Der Fremde schlug mit seinem Schwert auf die pulsierende Luft ein. »Wer hat diesen Zauber gewirkt?«

Kaum war die Frage verklungen, materialisierte sich ein menschlicher Körper wie aus dem Nichts, der neben dem Sims leicht auf und ab schwebte. Ungläubig sah Aazarus den totgeglaubten Trasparan das Dach betreten. Aus dem Mundwinkel des Magiers tropfte Blut und sein Gesicht glich einer fahlen, grauen Maske. Geschwächt kam er auf sie zu und nahm die Person in Augenschein, die er im Kraftfeld gefangen hatte.

»Ha! Das hast du dir so gedacht, nicht wahr?«, schmunzelte der Zauberer. »Doch für dich ist dieses Artefakt nicht bestimmt. Eine halbe Ewigkeit musste ich warten, um es in meine Gewalt zu bekommen und nun ist es endlich soweit. Nun werde ich der größte Magier werden, den es je gegeben hat!« Ein höhnisches Gelächter erklang und übertönte den entfernten Donnerhall. »Ja, jetzt ist die Zeit gekommen, in der ich jede Stadt, jedes Land, ja jedes Volk mir Untertan machen werde. Alle werden mir gehorchen. Mir, dem einen, dem mächtigsten Zauberer der Welt! Niemand wird mich aufhalten können, niemand. Ich werde ein Gott sein!«
Die äußere Erscheinung des Magiers hatte sich verändert. Die Gier hatte sein Gesicht in eine wahnsinnige, unheimliche Fratze verwandelt. Ohne den Blick vom Fremden abzuwenden, sprach er mit barscher Stimme an den Halbling gewandt: »Ich befehle dir, mir den Stab zu reichen!«

Aazarus fühlte sich ohnmächtig. Er war bereit, den Worten des Magiers Folge zu leisten, denn sein Verstand sagte ihm, dass man irrsinnigen Menschen nicht widersprechen sollte. Insbesondere nicht solchen Menschen, die über wirkungsvolle Magie verfügten. Also griff er erneut zum Stab und zog ihn hinter dem Gürtel hervor.

»Nein, tu es nicht!«, rief die schwarz gekleidete Gestalt und trommelte hektisch gegen das Kraftfeld. »Wenn du das tust, sind wir alle verloren.«

»Schweig, du törichter Wurm!«, befahl der Zauberer. »Was ist nun, Halbling? Her damit!« Trasparans langer weißer Bart wirbelte im Sturm wild durch die Luft wie eine ungezähmte Viper.

»Wir werden alle sterben, wenn du ihm den Stab gibst!«

Aazarus hielt das Stück Holz fest umklammert und konnte sich nicht entscheiden, wem er folgen sollte. Keinem der beiden konnte und wollte er trauen und eine innere Weisung riet ihm, die Aufforderung des Magiers zu ignorieren.

»Ich ... ich ... ich will nicht.«

»Oh doch, du wirst mir jetzt den Stab geben, da bin ich mir sicher.« Trasparans zuversichtliches Grinsen hinterließ bei Aazarus eine ungute Vorahnung, dass der Magier etwas Heimtückisches plante. Lautlos bewegte dieser seine Lippen und die zittrigen Finger malten geheimnisvolle Zeichen in die Luft. Gleißende Funken knisterten zwischen seinen Händen und schossen daraufhin in Aazarus' Kopf. Tief aus seinem Unterbewusstsein drang eine Stimme zu ihm hinauf, die ihm einem Echo gleich immer und immer wieder dieselben Worte zuraunte: »Du gehorchst nun mir! Gib mir den Stab!«

Konzentriere dich! Du musst dich den Worten widersetzen, mach schon!

Der Halbling fasste sich an die Stirn und versuchte, sich zu sammeln. Nach und nach wurde die Stimme leiser, bis sie völlig verstummte. »Nein!«, antwortete Aazarus trotzig, »ich werde Euch den Stab nicht geben.«

Nun wurde Trasparan ungehalten. Wie konnte es sein, dass dieser kleine Kerl in der Lage war, sich seinem mächtigen Beherrschungszauber zu entziehen? Sein Gesicht glühte vor Zorn und auch die Augen schienen rot zu glimmen. »Ganz wie du willst. Ich habe versucht, die Sache ohne physische Gewalt zu lösen. Aber wenn du mir nicht gehorchen willst, werde ich dich eben töten müssen.«

»Wehr dich!«, schrie die dunkle Gestalt, »los zieh dein Schwert!«

Aazarus umfasste zögerlich den Griff seiner Waffe, zog sie aus der Scheide und hielt ihre Spitze so kühn, wie es ihm nur möglich war, dem Magier entgegen.

»Glaubst du wirklich, Halbling, dass du mir damit Angst einjagen kannst?«, spottete Trasparan. »Mir? Einem mächtigen Magier?«

»Ich gebe Euch den Stab nicht, bevor Ihr mir nicht verratet, warum so viele Leute ihn in ihren Besitz bekommen möchten.«

Trasparan war überrascht und argwöhnisch zugleich. Konnte die Naivität dieses kleinen Kerls eine Falle sein? »Also gut«, erhob der Zauberer seine Stimme, »dieser Stab dort ist wohl eines, wenn nicht gar das mächtigste Artefakt der Welt. Wer es besitzt und zu gebrauchen weiß, verfügt über unbegrenzte magische Energie.«

Aazarus drehte den Gegenstand, der einen harmlosen Eindruck auf ihn machte, in seiner Hand hin und her. »Aber dann birgt dieses Ding doch eine große Gefahr. Niemand sollte ihn besitzen.«

»Du Narr«, lachte Trasparan und vollendete eine Geste, die er während des Gesprächs heimlich hinter seinem Rücken begonnen hatte. Prompt zog eine unsichtbare Kraft an dem Artefakt und entriss es Aazarus' Hand.

»Ha!«, triumphierte der Zauberer, »er gehört nun mir! Endlich!«

Der Fremde im Kraftfeld wurde sichtlich nervös. Er griff unter seinen langen Mantel und zog einen kleinen Knochen hervor. »Seid Euch bewusst, wir werden uns wiedersehen!«, drohte er dem Magier, zerbrach knackend den Knochen und löste sich in Luft auf.

Trasparan zollte dem Vorfall keine Beachtung. Seine ganze Aufmerksamkeit galt allein dem Artefakt, welches er ehrfurchtsvoll betrachtete. Nach einer Weile hob er bedächtig den Kopf und grinste den Halbling selbstgefällig an. »Du wirst nun Zeuge sein, wie ich, Trasparan, zum mächtigsten Zauberer der Welt aufsteige. Dir gebührt nun die Ehre als erster meine uneingeschränkte Macht zu spüren!«

Der Magier hob den Stab. Ein oktariner Schimmer begann von ihm auszugehen und spiegelte sich in den erwartungsvoll aufgerissenen Augen des sich aufbäumenden Zauberers. Seine rote Robe wirbelte um den angespannten Körper und wurde von dem Sturm hin und her gerissen. Der Stab begann von innen her zu glühen und zu pulsieren. Blaue Funken schossen von der Spitze aus in die Höhe und taten ein gigantisches Loch in dem wolkenverhangenen Nachthimmel auf. Darüber kam das samtblaue, klare Firmament zum Vorschein.

Magieblitze zuckten durch die stürmische Luft und hüllten den gesamten Turm in ein phosphoreszierendes Leuchten. Hauptmann Wühlig und seine Mannen starrten alarmiert zur Turmspitze hinauf. Sicherheitshalber wichen sie von dem glühenden Gemäuer zurück. So etwas hatten sie noch nie gesehen.

»Was zum Teufel ... !?«, schauderte der Hauptmann.
»Nimmt das denn gar kein Ende?« Magie hatte er
schon immer misstraut. Sie war für einen Mann, der
sich auf seine Körperkraft und vor allem auf sein
Schwert verließ, eine unbekannte, unberechenbare,
nicht greifbare Materie, die schnell zu einer macht-
vollen Waffe werden konnte, wenn sie von den
falschen Händen beschworen wurde. Und da Waster
alle Zauberer für skrupellose, selbstherrliche und
machthungrige alte Individuen hielt, sah er in jedem
von ihnen einen potenziellen Kriminellen, der jederzeit die ganze Stadt hochgehen lassen konnte. Nun
schien sich seine Befürchtung zu bewahrheiten. Größer und gewaltiger als er es sich jemals ausgemalt
hatte.

Aazarus presste sich an das Dach. Sein ganzer Körper
zitterte wie ein kleiner Vulkan, der unerschöpflich
Panik spuckte. Dunkle Rauchschwaden schlängelten
sich um den Magier und ein schallendes Gelächter
erklang. Trasparan hielt den strahlenden Stab nun
mit beiden Händen über seinen Kopf und fing damit
einen zuckenden Blitz auf, der senkrecht vom Himmel auf den Magier zugeschossen kam. An der Spitze
des Stabes knisterte augenblicklich eine silbrige E-
nergiekugel, die er nun auf den schreienden Halbling
richtete. Ein Strahl löste sich, dessen Licht so grell
war, dass Aazarus sich zum Schutz die Hände vor das
Gesicht halten musste. Es folgte ein ohrenbetäuben-
der Knall, der sogar den krachenden Donner übertönte.

Aazarus öffnete die Augen und lugte durch seine ge-
spreizten Finger. Der Magier war verschwunden.
Dort, wo dieser eben noch gestanden hatte, saß zu

seiner Verwunderung ein Frosch - neben ihm, der dampfende Zauberstab. Misstrauisch näherte er sich dem giftgrünen Tier, das ihn verdutzt anquakte. Dann sank er entkräftet zu Boden. All die Anstrengungen der letzten Tage, die ihn wie ein schweres Gewicht belastet hatten, waren schlagartig von seinem Körper abgefallen. Auf dem Rücken liegend beobachtete er stumm und reglos die sich rasch verändernden Wolkenformationen und lauschte dem Wind, der mit angenehmer Kühle seine Haut berührte. Eine Lücke brach kurz zwischen dem Wolkenmassiv auf und gab den Blick auf den funkelnden Nachthimmel frei.

Aazarus betrachtete die blinkenden Sternenlichter, die weit von ihm entfernt, wie kleine Glühwürmchen, das Firmament bestückten. Er dachte an die vielen Nächte zurück, in denen er als Kind aus seinem Bett die unendliche Weite des Sternenhimmels bewundert hatte. Damals war in ihm der Wunsch gereift, die Grenzen seines Heimatlandes zu verlassen. Doch nun sehnte er sich dahin zurück. Bilder seiner Familie und seiner Freunde tauchten vor ihm auf. Er hörte ihre Stimmen, wie sie zu ihm sprachen. Sie lachten ihn an und reichten ihm die Hände entgegen. Vertraute Orte kamen zum Vorschein. Die Wiese am Weiher, auf der er unter den Weiden immer gern gespielt hatte. Der knorrige Buchenwald mit seinen imposanten Bäumen und das alte Schulgebäude gleich neben dem plätschernden Bach. Der Duft des prächtigen Fliederstrauches am Gartentor stieg ihm in die Nase und der Wohlgeruch von frisch gebackenen Kuchen, der so typisch war, wenn seine Großmutter zu Besuch kam. Aazarus überkam bitterliches Heimweh und wischte sich die Tränen aus den Augen. Er fühlte sich allein auf dieser Welt – allein, klein und verlassen. Noch eine ganze Weile lag er so auf dem Dachsims des Turmes und fiel schließlich ermattet in einen unruhigen Schlaf.